A boba da corte

# F★SF★R★

TATI BERNARDI

# A boba da corte

*2ª reimpressão*

*Para Rita*

*Ficava inebriado com a sensação de estar num lugar onde eu era servido — como se vivesse uma vida que não era a minha, e o prazer que me atravessava era igual ao que sente um ladrão.*

Édouard Louis, *Mudar: método*


*A classe inadequada está, ao mesmo tempo, convencida do destino de derrota que a espera e condenada a dar tudo numa competição desesperada.*

Raffaele Alberto Ventura,
*Teoria da classe inadequada*

11 A festa na rua Maranhão
36 A infância no largo do Maranhão
51 *Self-mades* & aristogatos
68 Os escritores de Perdizes
77 Pratos Vista Alegre
89 Herança

# A festa na rua Maranhão

A travessa do Triunfo, no bairro do Tatuapé, Zona Leste de São Paulo, fica no largo do Maranhão. Ali morei por toda a minha infância e adolescência.

Hoje moro na rua Maranhão, no bairro de Higienópolis, onde faço uma festa para comemorar meu aniversário de quarenta e três anos.

Uma amiga da elite carioca, convidada para a celebração, me escreve a seguinte mensagem: "Tati, eu coloquei 'Maranhão' e o Uber veio parar num lugar medonho. Se eu demorar pra chegar na sua casa ou o celular não atender mais... você chama a polícia? Vou compartilhar com você o status da viagem, o.k.?".

Quando a foto da localização dela chegou, apareceu o largo do Maranhão, o lugar em que brinquei tantas vezes quando era pequena. O lugar em que experimentei pela primeira vez uma palmilha para consertar minha pisada "pra dentro" e me senti tão segura que saí correndo pelas ruas, enquanto meu pai desesperado me procurava de carro, com a minha mãe nervosa ao lado. Meu avô caminhava ali, no largo do Maranhão, depois de todas as refeições, porque acreditava que expelir os gases ao máximo era o que de melhor poderia fazer por sua longevidade. Ali eu empinei pipa, aprendi a andar de bicicleta e conheci Sandrinho, o cara da mobilete verde. Quando chovia, a mãe dele não o deixava andar de mobilete e meus dias não faziam sentido. Minha mãe me ensinou a desenhar com sal, no parapeito da janela que dava pro quintal da casa, um imenso sol. Eu fazia isso até que o tempo abrisse e então ouvia o ronco da motinha. No dia em que Sandrinho finalmente me levou para dar uma volta, cheguei em casa com queimaduras de escapamento nas duas canelas, mas não lembro de sentir nenhuma dor.

Ali, no largo do Maranhão, minha mãe me levava para me distrair dos meus enjoos de sempre. E a gente brincava, no verão, de furar as bolhas de piche do chão recém-asfaltado com os gravetinhos caídos das árvores.

Senti uma dor e um horror tão grande da minha amiga com medo da minha infância que comecei a passar mal. Senti horror da minha casa, da minha festa, de todas as pessoas. Se eu passar mal e quiser usar o banheiro... vou usar o banheiro desta casa? Que casa é esta? Era a minha casa, mas de repente eu a estranhava e tinha asco de mim e de todos os convidados.

Uma hora antes, contei: somos trinta e quatro brancos, mas temos salvação. Misturados a nós, temos um casal de pretos gays, minha amiga de Brasília que é descendente de indígenas, o marido nordestino dela e minha melhor amiga, Alessandra, que é asiática e trouxe o marido pardo. Pensei que tudo daria certo para nós, progressistas que contratam garçons pretos para nos servir, pensei que tudo daria certo para o Brasil recém-saído do horror bolsonarista. Pensei que tudo daria certo com a foto que eu postaria no Instagram.

Contratei os serviços de uma cozinheira chamada Luara. Nunca em toda a minha vida comi uma comida melhor que a dela. Já era a quinta vez que ela vinha cozinhar em casa, sempre em aniversários ou festas de fim de ano. Ela é negra e usa um pano dourado na cabeça, brincos vermelhos, uma roupa branca. Todo mundo que chega fica encantado: "Você parece uma rainha". A cozinheira é modelo nas horas vagas? Ela toparia aparecer no meu filme?

Sente-se com a gente, Luara. Você e sua filha não querem se sentar com a gente? Luara explica que não é sua filha. Achei que fosse porque é linda e talentosa como você. Vocês podem se sentar com a gente? Luara explica que já comeu e a menina também. Comeram rápido, meio em pé mesmo, pra dar conta de tudo e não irem embora muito tarde.

Empanturrados, vemos Luara e a menina retirarem os restos de comida da mesa. Algumas pessoas levantam para ajudá-las. Não precisa. Claro que precisa. Deixa aí. Imagina. Me passa seu prato? Ah, obrigada, agora volta aqui e fica tranquila.

Luara e sua assistente trazem as sobremesas. Puxo palmas para Luara e sua assistente de quem nem sequer lembro o nome. Todos aplaudem. Rainha Luara! Que mulher é esta! Luara e sua assistente não estão achando muita graça, não estão no teatro, não são palhaças, estão exaustas, estão de pé desde as sete da manhã e são cinco da tarde.

Antes de os convidados chegarem, chamo Luara e sua assistente e explico que não aceito mais que usem o elevador de serviço. Na reunião de condomínio desta semana, marcada para falar da manutenção nos elevadores, vou dizer que não aceito mais que as funcionárias do lar usem o elevador de serviço.

Ele serve para carrinhos de supermercado, materiais de construção, mudanças, móveis pesados, cachorros. Não é para separar o morador dos funcionários. Isso não pode mais acontecer. De agora em diante, vocês estão proibidas de andar nesse elevador, por favor!

Luara e a menina se olham, não entenderam nada. Avisam que só dei a elas as chaves da porta de serviço. Jamais dei as chaves da porta com entrada pelo elevador social. Caso troquem de elevador, não conseguiriam entrar na minha casa.

Observo o rosto de Luara ao receber as palmas de dezenas de brancos ricos que foram entretidos por seus dotes culinários e tenho certeza de que estou me tornando uma daquelas pessoas ridículas e odiosas. O tipo de gente que, por alguma razão, eu sempre quis ser e, ao mesmo tempo, sempre quis destruir.

Sentados comigo na mesa de jantar estão alguns amigos que fiz no tempo em que era próxima de Marcela, mas já faz uns quinze anos que rompemos a amizade. Marcela é o tipo de gente desinteressante que precisa ser má para que suas palavras disfarcem sua figura atônica, mas eu ainda não sabia disso quando fui convidada para passar um fim de semana em sua imensa casa em frente a uma praia privê. Ou sabia, mas quis ir conferi-la mesmo assim.

No primeiro almoço, serviram de sobremesa mangostão, longana e rambutã. Eu não sabia o que eram, nem como deveria começar a comê-las, e fiquei paralisada. A família dela caiu na risada: "São frutas exóticas".

Vendo o divertimento curioso dos pais e dos irmãos, Marcela deu início ao meu espetáculo. Fora para isso que eu havia sido convidada: "Conta, Tati, aquela história do Corsinha? Que sua mãe vivia tensa, com medo de assalto e sequestro, porque você voltava tarde do trabalho, pela Radial Leste, então ela mandou colocar uma película escura demais no carro, alguns adesivos do Corinthians e ainda te deu um gorro de mano! Conta, conta!!!". E todos se divertiam. O pai dela interrompeu a história dizendo que o serviço de blindagem, caso a família levasse três carros de uma só vez, estava com quinze por cento de desconto numa oficina perto do escritório dele.

Um dia estávamos na jacuzzi e o pai dela, com uma imensa ferida na perna, tecidos internos expostos, entrou na banheira sem nenhum curativo. Aquela coisa aberta, purulenta, ao meu lado.

Me virou o estômago. Marcela falou: "Ai, pai, credo". Ele sorriu e olhou pra mim. Era como se dissesse: sou tão rico que posso fazer o que quiser e você está tão deslumbrada pela minha casa que não vai sair desta água. E eu ainda demorei alguns minutos para sair.

Não pertenço aos herdeiros brancos com quem ando hoje em dia, contudo, sou branquíssima, ganhei algum dinheiro e minha filha provavelmente será uma herdeira. Quando criança, eu ouvia os meus tios comemorando: "Ela vai se dar bem, nasceu bem branquinha, com cabelos quase loiros e olhos quase claros".

Nunca saberei o que Luara sentiu ao ser aplaudida em um dos bairros mais caros da cidade. Nunca sofrerei racismo, nunca saberei o que sente uma mulher negra, periférica, que chegou de madrugada na minha casa para descongelar uma quantidade indecente de frutos do mar e ainda está de pé no fim do dia, aturando nossas almas generosas e festivas.

Então que nome posso dar àquele sentimento de quinze anos atrás, quando eu, branca, meio loira, servi de boba da corte, no feriado da Páscoa, para a família branca e loira de Marcela? Que nome dar ao horror que sinto agora dessas pessoas que se parecem comigo e que, aos poucos, fui imitando e me tornando?

Semana passada encontrei o pai de Marcela na rua. Agora eu morava a poucas quadras dele. Ele berrou ao me ver: "Nossa, quanto tempo! O que você tá fazendo *aqui*?!". Nesse "aqui" cabia tudo o que há de pior nessas pessoas.

Marcela durou pelo menos uns seis meses na minha vida. Trivial, enfadonha e ardilosa, ela me levava às festas como boi de piranha. Preparava as pessoas dizendo que eu tinha problemas de cabeça e de grana. Ela me jogava antes na fogueira, me diminuía, acreditando, assim, estar isenta dos olhares que tanto temia. Passou a vida tentando agradar o pai, que a tratava com desdém e só celebrava o primogênito executivo.

"Conta aquela, vai, do dia que você ganhou uma estadia em um hotel de luxo e foi passear em um campo todo bonito, sem entender por que ele era tão bem cuidado e aparado, daí foi achando pequenas bolinhas brancas e, muito bondosa, foi pegando todas pra devolver na recepção. Até que apareceram os jogadores de golfe querendo te matar."

Amigo íntimo dos monarcas, o bobo da corte é sabidamente o único que conhece a fundo as podridões de todos e, protegido pelo humor, pode humilhá-los. Talvez por isso eu suportasse as benesses daquele mundo? Era um pacto que eu fazia? Sou a fruta exótica deles, mas depois os cuspirei chupados e ressequidos.

Minha amizade com Marcela acabou no dia em que vi, no cinema, o filme *Balada de um homem comum*, dos irmãos Coen. O personagem de Oscar Isaac é um artista fodido, que dorme de favor na casa de conhecidos, entre eles um professor bem-sucedido que, em um jantar, pede que o protagonista toque e cante uma música. Ele nem sequer tem onde passar a noite, mas se revolta e se recusa, dizendo que está cansado de rebaixar sua arte e seu talento para dar uma nesga de vida a pessoas que o exploram e são tão desprovidas de qualquer brilho. Não sei se foi exatamente isso o que ele falou, mas é assim que eu me lembro.

Não foi apenas com Marcela que senti a necessidade de improvisar malabarismos linguísticos e showzinhos cômicos. Talvez por isso eu tenha tanto horror a esses palhaços que pedem dinheiro em faróis e entradas de shoppings. Palhaço é uma instituição complicadíssima de atacar. Ela mexeu com palhaço! Aquela escritorazinha desgraçada mexeu com palhaço!

Alguns desses palhaços usam a referência infantil, desarmada, pura, para fazer comentários de cunho sexual para as mulheres que caminham temerosas pelas ruas. Carregam sordidez no olhar, mas ostentam um coração na bochecha e uma flor na gravata. Te dizem alguma obscenidade. Você não acha graça.

Te xingam, acham que você deveria rir, vão ficando irritados e porque são palhaços e porque atrizes de esquerda fazem curso de clown e porque todo comediante faz post emotivo no dia do palhaço, pega mal odiá-los.

Cresci com minha mãe dizendo "eu odeio palhaço, odeio circo" e uma vez perguntei a ela o motivo e ela respondeu que minha avó também os odiava porque "estavam sempre amassados". Minha avó era obcecada por asseamento e roupas impecavelmente passadas, o que claramente era um jeito de a gente se diferenciar das pessoas pobres, nossas vizinhas no largo do Maranhão. Não gostavam de palhaço porque era o pobre a serviço do riso alheio.

A amiga da elite carioca tenta não morrer no exatíssimo lugar em que nasci. Largo do Maranhão no Tatuapé não é rua Maranhão em Higienópolis. E eu jamais poderia retornar para o lugar de onde vim, tampouco sentia que podia me sentir bem de verdade no lugar aonde cheguei.

Quem sou eu aplaudindo cozinheiras? Recebendo famosos, atrizes, políticos? Quem sou eu com essa minha amiga que estava com medo de morrer no lugar da minha infância?

Há pelo menos cinco anos este livro quer sair de mim. Tento escrever qualquer outra coisa e quase durmo em cima do teclado. Sempre que me protejo demais minhas mãos protestam com tendinites. Se ouso começar um parágrafo na terceira pessoa, as letras se embaralham, a tela do computador escurece e quase me deixo enganar, pensando que preciso marcar oftalmologista ou neurologista. Este é o livro que você quer escrever. Você quer escrever sobre uma vida inteira dedicada a chegar a este lugar que você nunca (nunca, nunca) chega. Este lugar onde você já está há tanto tempo, mas é impossível aceitar que era "só isso". Que as pessoas desse mundo não são nada de mais. Que a vida delas não tem nada de muito interessante.

Começou a ânsia e, na sequência, a hiperventilação e a enxaqueca. Me sinto assim há tanto tempo e sei que uma vez que começam não há nada a se fazer além de deitar em silêncio e no escuro. E emburacar por algumas horas. Fui ao banheiro e enfiei de uma só vez Rivotril, Vonau e Novalgina na boca. Talvez na esperança de que eu conseguisse seguir com a festa e com aquele apartamento e com aquelas pessoas. Meus amigos há dez anos. Alguns há dois meses. Não tenho amigos de infância ou de adolescência. Com quais desses posso ser a anfitriã que não aguenta e passa mal? Qual deles posso deixar ficar aqui e ver que estou tremendo demais, estou triste demais e que não entendi se aplaudir Luara tinha sido a coisa mais ridícula que já fiz na vida?

Fiquei paranoica achando que morreria por ter tomado os três remédios juntos. Morrer nessa casa com essas pessoas. Onde estava a minha mãe e a minha casa e o meu banheiro? Quem eram aquelas pessoas fazendo fotos comigo, perguntando onde comprei meus quadros? Chamei Rafael e pedi que ele expulsasse todo mundo. "Como assim expulsar todo mundo?" A polícia chegou porque o som estava muito alto. A polícia não chegou para salvar minha amiga lá no largo do Maranhão, mas para me salvar da elite intelectual que jamais iria embora do meu apartamento. O alívio que eu senti. Abaixei o som e falei que, infelizmente, por causa da polícia, a festa tinha acabado e todos teriam que ir embora. Riram da minha cara, a polícia não faria nada com a gente. Rafael andava a passinhos curtos de um lado para o outro. Querendo e precisando agradar nossos amigos. Alguns deles somente seus amigos. Foi tão bem-educado. Era sempre tão insuportavelmente bem-educado. As mãos quentinhas protegidas nos bolsos da calça. Seus dedos cobertos em público e exploradores de cu depois que todos iam embora. Eu o amava ou apenas tinha descoberto, aos quarenta e três anos de idade, a intensidade de um orgasmo anal? Eu estava viciada em seus dedos que se enfiavam todos e inteiros em mim? Sem nojo, sem pudor, mas de repente o dedo se eriçava em riste, o grande educador. Isso pode, isso não pode. Não ficarei com uma mulher que debocha e sente raiva. Isso não pode.

Seus ombros, sua maneira reta de sentar, a voz pausada. É o homem mais educado que já conheci. Ele olha para mim, observa a maneira como crio minha filha, como se eu precisasse ser interditada. Falo palavrões, perdoo os excessos, compro coisas demais, damos risadas altas demais, a deixo comer no sofá, a cara toda suja de aveia, e ela é feliz, ela é livre, ela é livre até demais, eu sei, porque às vezes me chama de idiota e me chuta de leve as pernas, mas em algum lugar sinto que ela precisa soltar seus demônios em mim. Sou a parede segura para ela sentir com a ponta dos pés que tem uma borda no seu entorno. Eu fui uma criança que não podia chutar, gritar, e sofro com crises de pânico há mais de trinta anos. Eu não lhe imponho limites quando a percebo perdida em sua intensidade, mas lhe estabeleço a barreira das minhas pernas para que ela chute. Provavelmente estou errada, mas o olhar lançado por ele a mim era mais do que ajuda, preocupação: era correção.

Eu sujei o sofá da mãe dele com a roupa purpurinada que comprei especialmente para minha filha passar o Natal em sua casa e ser amada dentro daquela família. Ele me deu uma bronca. Jamais vou esquecer daquele momento e jamais vou entender por que não fui embora definitivamente naquele segundo: "A roupa dela está sujando o sofá da minha mãe". Entendi assim: a sua filha, a maneira que você cria sua filha e como você foi criada estão sujando o sofá da maneira como eu fui criado.

Será que ele via em mim a imensidão desenfreada do afeto que a ele talvez tenha sido negada na infância? A imensidão desenfreada do afeto que seus amigos ou antigas relações negaram e negam aos próprios filhos, pela necessidade da elegância, do comedimento e da boa educação? Pelo primado do intelecto? Será que ele via em mim o amor italianado, ou até suburbano, da mãe que caga para todo o academicismo cagador de regra sobre os limites da relação entre mãe e filho?

Fomos ao casamento da melhor amiga dele. Todos ali, amigos tão queridos de uma vida inteira. Amigos tão queridos da família, amigos queridos de outros casamentos. A palavra "querido" não saía da boca dele. Um querido. Uma querida. O queridíssimo. Eu desesperada para saber se tinha pelo menos uma pessoa de quem ele não gostava. Me dá só uma, por favor. A certa altura o noivo lê "seus votos" para a noiva e é o pior texto já cometido por um ser humano adulto sem qualquer sinal de afasia. A mulher se chamava Antônia. E, então, ele começou: "A de amor. N de nada que eu faço da vida sem ela vale a pena. T de tonta quando tenta arrumar uma briguinha do nada". Eu sorri pro meu namorado. Naquele sorriso discreto eu implorava: "Seja nosso, vamos rir e formar um pacto verdadeiro, isso não significa que você não possa amar essas pessoas, pertencer a elas, eu mesma posso gostar muito delas, respeitá-las, mas ao rir comigo, ainda que pouco, ainda que apenas dentro dessa delicinha chamada casais que usam o humor para sobreviver, nós confirmamos que somos a casa inabalável que acontece e existe separadamente deles". Ele me fuzilou com olhos de grande educador. Ao rir de como a elite pode ser boboca, eu ria dele.

A noiva era a melhor pessoa ali. Ansiosa, olhando o celular porque nem em seu casamento conseguia parar de pensar em trabalho, e com uma roupa que não ostentava absolutamente nada do universo rico idiota. Era a roupa de alguém com bom gosto, alguém com amigos progressistas do mundo do cinema e das artes. Eu respirava, finalmente. Eram pessoas legais. Eu podia relaxar e começar a chamar todo mundo de querido e querida? E então ela foi ler seus votos e começou assim: "Meus amigos dizem que eu tenho tudo... e eu tenho mesmo". Fiquei esperando a piada que viria em seguida e ela não veio. As pessoas emocionadas, "ela tem tudo". Ninguém tem tudo. Tem? Aquelas pessoas têm tudo? Se fui convidada pra festa, se me pareço com elas, me visto como elas, trabalho nas mesmas coisas que elas, por que acordo todos os dias desesperada pensando que não tenho nada e que posso perder tudo o tempo todo?

Nessa mesma festa de casamento, um dos primos de Rafael lamentava a morte da avó. E dizia: "Foi triste ontem, quando nós todos, filhos e netos, nos reunimos para dividir as obras de arte, as joias e os tapetes persas comprados na Pérsia". Tentei mais uma vez. Olhei firme para dentro dos olhos de Rafael. E ele não sorriu. Ele nem entendia onde estava a graça. Eu jamais entraria nele ou naquele grupo. Jamais entraria de verdade. Mas era chegada a hora de não mais culpá-lo e sim assumir que era eu que apenas não suportaria a chateação de pertencer a esses longos diálogos que, mesmo sem erros de português, nada diziam. Era eu que não queria entrar. Era eu querendo entrar pra ter do que rir, pra ficar cada vez mais íntima dos meus objetos de estudo, para implodi- -los em um texto quando me sentisse entediada.

Tudo isso era também o que me atraía nele. E em outros antes dele. Conquistar o garoto bem-nascido da Zona Oeste. A conquista do berço de ouro intelectual. No primeiro encontro, passamos pelo menos uma hora nos pormenores da formação acadêmica dele. Eu sentia a xana latejar. Quanto mais nomes de universidades gringas, viagens culturais e diplomas de arte ele me narrava, mais eu dese- java me abaixar no meio do restaurante e lamber suas bolas. Toda a lista de livros, línguas faladas, parentes artistas. Ainda que eu te- nha certa angústia em sair de casa, o meu apaixonamento sempre me lembra uma longa viagem de trem pelo mundo.

E depois, o que você fez com tanto? Essa pergunta eu não fiz nos primeiros meses. Não importava. Naquele momento ainda nutria a fantasia de adquirir um pedigree e não me atinha à necessidade de avaliar ao vivo as piruetas do animal. E depois, o que você fez? Era a pergunta que sempre me arrancava de algumas das relações mais importantes da minha vida. A pergunta, sem resposta clara, me faria enlouquecer. O que esses rapazes, filhos da elite intelectual, fizeram com o tanto que receberam? Se não fizeram o que a minha loucura por glória me dizia ser o suficiente, meu corpo inteiro se ouriçava em desacato, urgência, ultraje... busco a palavra certa. Qual é a palavra? Era como se ao longo da vida eu tivesse conseguido o mais difícil, o mais complicado, que era ter um trem. Mas não pudesse usufruir do meu próprio trem porque, em algum devaneio submisso, eu precisava dos bilhetes. Eu tinha o mais difícil, que era o trem, eu era a dona do trem, mas somente eles tinham a passagem.

"Mas Tati, teve gente que acabou de chegar, acabou de se servir. Não dá pra mandar todo mundo embora da sua casa, assim, do nada." Eram quase três da manhã, como assim "do nada"? Até que horas esperam que eu os sirva e entretenha?

Eu sei que é amor porque o desenho da ossatura do pé dele me comove. Tenho vontade de me lançar ao chão, a qualquer momento do dia, e beijar aqueles pés. Eu sei que é amor porque quando ele dobra uma esquina, vira um corredor, abre ou fecha uma porta, senta ou levanta. Acorda ou dorme. Tudo isso eu observo como se estivesse na primeira fileira de um espetáculo.

Sei que é amor porque ele põe os óculos de hastes grossas e pretas e me diz: "Não conheço o termo 'manja rola'". Sei que é amor porque ele chega pacificado das ruas e dos aniversários, e algumas vezes me diz: "As pessoas me olham, sou bonito". E mesmo o que não me parece admirável — apenas porque é dito com sua voz, com sua saliva, com suas sobrancelhas furiosas tentando atrapalhar a doçura dos seus olhos —, me provoca o suficiente para que eu sinta vontade de escrever.

Sei que é amor porque o concentrado atrás de suas orelhas tem um resumo do cheiro inteiro do seu corpo, e eu passaria uma vida escondida ali. Sei também que todo esse amor, em breve, será corrompido e arrasado, e sofro e sinto raiva desde o primeiro segundo. Como viver com o homem que faz as barras das camisetas porque não suporta se exceder nem nos tecidos? O problema é o que sinto quando chego perto da pele abaixo dos seus uniformes bem-ajambrados. Isso que sinto, se não for amor, talvez valha mais a pena do que amar.

Como escrever este livro? Como suportar saber que justamente o que quero dizer, a única coisa que neste momento me interessa dizer, é o que vai me separar para sempre da pessoa que ainda amo? Até quando vou amar? Me desespero, procuro baralho cigano, astrólogas, pais de santo, Santa Rita, alguma voz dentro da minha cabeça: me diga, se for um amor que merece ser vivido novamente, eu renuncio ao livro. Abro mão da língua afiada, do incômodo. Estou há três semanas usando bombinha de asma porque minha voz desaparece completamente a cada vez que a editora me cobra a entrega destas páginas. É preciso que eu não fale para ficar ao lado dele? Que lado? Há quase um ano terminamos e a cartomante diz que em breve ele vai conhecer uma mocinha que respeitará a "maldição familiar" dele. Que ela vai celebrar, sem grandes questionamentos, todo o entorno de figuras famosas eególatras. E que ele nunca a amará como me amou, mas sentirá paz.

Eu sabia que não éramos feitos da mesma coisa. E que a coisa da qual ele era feito era tão oposta à minha que nos deixaríamos antes que ele precisasse cuspir sopa na minha cara outra vez. O dia da sopa quente, a boca dele queimando, o movimento de abaixar o queixo para cuspir no próprio prato levaria meio segundo. Mas ele cuspiu a sopa quente na minha cara. Aquele homem educadíssimo, ofendido que as purpurinas da roupa da minha filha tinham sujado o sofá de mamãe. Aquele homem cuspiu, sem querer, a sopa quente na minha cara. Ele ficou mortificado: "Foi um reflexo! Me perdoe! Um reflexo sem pensar! Uma coisa mecânica e instintiva". Rimos disso por meses. Que fofo quando ele cuspiu em mim. Tão tapado. Fofo. Quantos mais garotos educados da elite, cultos, refinados cuspiriam sem querer em mim? E eu encantada por este negócio que não sei o nome. Não é dinheiro, não é herança, não é educação. Este negócio que por não saber definir, não conseguir apreender, persigo. Este algo que eu conquisto todas as tardes e perco assim que acordo na manhã seguinte. O que eles têm que eu jamais terei? O que eles têm que eu já tive e já não quis? O que eles têm que me encanta tanto e depois me enoja a ponto de não mais suportar ouvir a ladainha, as desculpas, as histórias de seus antepassados e dele que um dia, e ainda, e logo mais, e na hora certa? A mim não foram dadas tantas chances para falhar.

Seu rosto me parece muito bonito quando bravo. Feliz fica com a boca entreaberta e parece prestes a comer um mosquitinho de banana. A entrega sexual dele pode ser tantas coisas, e mesmo quando bruta, não deixa de ser delicada e feminina. Nunca desejei tanto uma pessoa. Eu quero enfiar a minha cara inteira na virilha dele para aquecer a dor da minha sinusite. O que sinto quando ele se aproxima é tão intenso que começo a fazer um som ululado, como se minha capacidade humana fosse uma grande besteira que sustentei por todos esses anos.

Enquanto transamos, ele me olha como se estivesse me repreendendo por algum erro. E sei que vou odiar esse olhar depois, fora do sexo. Mas na hora apenas idolatro esse olhar. Eu preciso ser castigada por ser uma suburbana, mas também por às vezes achar que sou mais interessante que a maioria das pessoas que o cercam e lhe dão um lugar no mundo.

Nasceu com um buraco no peito: "Igual ao meu pai". Tento deitar em seu peito, mas o osso me espeta. Ele é exato e judicioso. Não consegue verbalizar o que quer saber, mesmo assim eu escuto o cochicho do seu coração: "O que falta em mim para eu ser artista?".

Falta maldade. Falta ódio, raiva, desespero. Falta enxergar com crueza as pessoas, em vez de sentir esses ímpetos de masseá-las. Falta ter vontade de voltar para casa antes de a festa acabar, porque a um artista é preciso digerir as pessoas, teatralizá-las, caçar seus defeitos e maneirismos. E jamais se misturar a elas até o conforto pequeno de se sentir alguém.

Falta vontade de se vingar, de competir. Falta ter sofrido bullying no ginásio e depois no colegial e depois na faculdade. Falta ter faltado dinheiro. Falta ter sido feio, sacaneado, esnobado. Falta ter sido esmagado, ano após ano, pelo desabamento do que você achou que seria finalmente seu chão. Falta ser quebrado, infeliz, já ter pensado em morrer. Falta não ser o queridão, o gente boa, o amigo bacaníssimo de todos. Falta chegar em uma festa de Ano-Novo e gostar de menos pessoas. Falta suportar a dor do não lugar.

Falta ter sido largado, ter enlouquecido, ter implorado por amor. Todas as histórias amorosas que me contou terminam com ele concluindo que foi melhor assim. Com ele aceitando a vida como ela é. Jogando pro cosmos, pro destino, pra sabedoria divina. Falta brigar com o cosmos, o destino e a sabedoria divina. Ele sempre sai de cena antes que a cena o expulse. Sem seus gritos, berros ou ligações na madrugada. Lembro do soco que deram no meu carro. Um homem com ciúmes, com o ego ferido, esmurrou o capô do meu carro. Eu e Rafael ficamos meses relembrando o soco e argumentando que aquele tipo de reação era inaceitável. Que tipo de gente faz isso? Eu não dizia, mas pensava: "A você falta justamente, um dia, pensar em dar um murro em um capô".

Ele cansa de mim, quer terminar todo mês e diz que "é muita coisa". Penso em como posso me refilar para caber no peito abaulado dele. Eu o amo tanto que às vezes penso que toparia ser menos, ainda que o odeie pela mesma razão.

Quando nos encostamos, é como se eu jamais tivesse experenciado uma ampla vida sexual antes de conhecê-lo. Fico mística, esotérica, cometo frases com florestas escuras, rios. Quero me libertar desse interdito que ele coloca em meu cinismo, minhas ironias. Quero e preciso da minha força destrutiva. Mas estou viciada em transar com ele e tento ser uma boa pessoa. Para não ser largada pelo bom moço que não suporta ver em mim a boca suja, o coração raivoso, a nuca inflamada e curvada de quem paga as contas de três casas, diferente dos corpos bailarinos e meditativos e *yoginis* de suas amigas queridas que são tão queridíssimas e fazem de tudo para serem queridas.

Como suportar seus amigos que tiram anos sabáticos para "descobrir quem são"? Não tenho problemas com pessoas que tiram anos sabáticos (tenho um pouco). Nem com pessoas que dizem precisar, aos quarenta e muitos anos, "se descobrir" (tenho um pouco). Mas as duas coisas juntas me irritam tanto quanto mulheres que dizem "aimeudeuso" quando veem um neném desconhecido em elevador de shopping. Ou apresentadores de rádio que fazem aquela voz muito empolgada, muito treinada, algum tipo de curso para ser um radialista abobado.

Pelada, sempre digo que não quero mais vê-lo chegar de mochila, eu quero uma família. Ele diz: "Venha para a casa dos meus pais mais vezes". Digo que quero ser uma família com ele e não viver enfiada na casa dos seus pais. Ele não fala nada, mas sei que ele pensa: "Eu já tenho uma família". Porque a elite paulistana sempre terá uma família. Ainda que todos morram um dia, ainda que a herança seja pífia, ainda que só restem dívidas, ainda que os irmãos e primos se matem por 20 mil reais, ainda que vinte e seis pessoas briguem por um único apartamento, ainda que falidos, vivendo dignamente apenas porque vivem como um dominó de pilastras ocas — e uma não deixa a outra cair porque o sobrenome é um só. Eles ostentam em seus andares pelas ruas a calma de quem sempre terá onde se recostar.

Filhos da elite são filhos eternos. Suas famílias com planos de saúde bons não morrem, nunca acabam. E de repente todos são primos de todos. Você conhece fulano, claro, ele é meu primo. São muitos tios com sítios, outros tantos com casas na praia, são jantares e almoços em todas as casas de todos os pais e irmãos e primos e tios. Têm médico pra ir de graça, advogado pra ir de graça, restaurante pra ir de graça, casa na Europa pra ir de graça. Então vivem como se estivessem pagando por tudo isso. É sempre possível levar uma vida normal sem dinheiro, pois eles têm sempre muitas casas onde comer, dormir, pensar na vida e passar feriados.

Há pelo menos duas décadas eu entro nessas casas, mas nunca de verdade. Quantas vezes não ouvi que era recalque, inveja. E estão certos. Mas o que mais? Como pode ser somente isso se eu fui insistentemente chamada, convidada e adorada por tantas pessoas do outro lado da travessa do Triunfo? Como pode ser somente recalque e inveja se me tornei uma dessas pessoas? Mas mantive o olhar afiado e a roupa purpurinada da minha filha. Por que me olham como se eu precisasse ainda amadurecer? "Se você não pode mudar, realmente não sei aonde estamos indo."

Vou novamente com minha filha a um almoço da família de Rafael. Ela chega mal-humorada, cara fechada. É uma criança tendo que lidar com a separação dos pais e o novo parceiro da mãe. Ela tem apenas cinco anos. Acho absolutamente normal que ela não queira sair do meu colo e não sorria muito para as pessoas. Bastava uma mão no meu ombro. Está tudo bem, ISSO É NORMAL. Estamos juntos. Tudo isso é normal. Vamos passar por isso juntos. Mas o muro está instaurado. Ninguém diz. Ele jamais diria. Mas seus olhos me corrigem o tempo todo: eduque sua filha para que ela seja mais CALMA e possa PERTENCER.

Um dia ele se atrasa para chegar à minha casa. Pergunto o que aconteceu e ele diz que ficou conversando com um morador de rua que estava visivelmente sob efeito de crack. Ele sentiu no homem a dor e o desespero. Então ele, sem saber o motivo exato, estendeu a mão e a pôs na testa do homem, como se lhe desse um passe. Rezaram por um tempo. O homem, mais tranquilo, o agradeceu. "Ele parou de se debater e sorriu pra mim." E por isso ele atrasou. O que ele esperava que eu dissesse? Ah, que namorado bom e espiritualmente superior eu tenho. Por que não sinto, então, a mão dele em meu ombro quando minha filha, cansada e com sono, quer ir embora da padaria e chora? Agora ele atrasa porque deu um passe num cracudo. A elite espiritualizada, maravilhada, *white savior*, encerrada em si. Na própria iluminação. Na infinita capacidade de reconhecer um irmão. Pedi que ele lavasse as mãos.

Eu saí de uma casa sem livros, sem diplomas, sem qualquer incentivo à leitura e cheguei a algum lugar. Então vem um homem que teve tudo e está cercado de gente que não sabe para onde ir. Não sabe quem é. E então ele me diz, do alto de seu diploma de superioridade de alma elevada: "Se você não pode mudar, realmente não sei aonde estamos indo".

Um dia abro um e-mail e descubro que sócios querem me passar a perna. Fico irada e ligo para Rafael. Berro "filhos da puta". Grandes filhos da puta. Imensos filhos da puta. Rafael fica mudo, seco, distante. Dias depois me pede um tempo. Vai para um dos cinquenta e seis sítios que lhe são ofertados por amigos ou familiares, para pensar se dá para suportar uma mulher com raiva que diz essas coisas sobre outras pessoas. Ele, que chama 6 mil pessoas de grandes amigos queridos, não entende a minha linguagem. Nunca percebeu o tamanho da violência com a qual queria me catequizar com o que acreditava ser uma índole superior e mais espiritualizada. Meu FILHOS DA PUTA é fichinha perto da agressividade que é dizer a uma mulher irada que ela não deveria se sentir assim.

Ele pergunta a seus primos, a nossos amigos em comum, qual é a minha. Precisa saber se sou boa pessoa. Quer entender se dá para apostar suas disputadas fichas de príncipe nessa pessoa sem boa conduta e postura. Era preciso conter a italiana suburbana em mim? Ele não diz a frase, mas eu a ouço: "Ela é um de nós?". Definitivamente não sou, grito palavrões ao telefone, faço barraco, não sou como a maioria das suas finérrimas e tão queridas amigas que posam de feministas em redes sociais e vivem do que conseguiram extorquir dos ex-maridos.

Ninguém ia embora da minha festa de quarenta e três anos. Eu ia ao banheiro e tentava vomitar, não saía nada. O barulho das pessoas. Barulhos de taças. Taças. É a primeira vez que tenho uma casa com tantas taças. Eu tenho taças. O enjoo que a palavra taça no plural me dava. Eu queria todo mundo fora da minha casa.

Alessandra está indo embora de fininho. Como se eu fosse ficar chateada. Conheci Alessandra descendo as escadas de sua empresa de muitos andares. A dona. Trezentos funcionários e ela a dona. Belíssima, um cabelo tão forte que daria para cento e trinta crianças usarem para pular corda na hora do recreio. Ela descendo escadas, a calça colada no corpo. Senti como se eu fosse cada um daqueles degraus e ela massageasse minha coluna vertebral com seu salto. Descobri que ela usava uma cinta-caralho pra enrabar o seu então marido da época. E que no começo ele reclamava, até que passou a implorar. Ela o vestia de calcinha vermelha de renda e o fazia se arrastar pelo chão, de quatro, implorando para ser enrabado.

Um dia ela me disse que ele não gostava de mim. Achava que eu era... e achou melhor não dizer. "Vai te magoar demais. Não precisa." Eu fiquei obcecada com isso. Era eu agora me arrastando pelo chão. Pedindo pra ela me dizer o que tanto me machucaria. O que ele acha que eu sou? Me diz. Pobre, né? O homem de quatro, de calcinha vermelha de renda enfiada no cu, desesperado para ser enrabado, me achava inferior, é isso? Me diz. Por favor. Me diz. Sem berço, sem educação, sem elegância, sem ter estudado nas escolas do Vale Encantado, as famosas escolas construtivistas que formaram todos esses progressistas da elite. É isso? Me diz, por favor. E demorou cinco anos. Até que um dia, na piscina de um hotel no litoral norte, do nada, ela saiu de um mergulho, me olhou e me disse: câncer. Ele dizia que você era um câncer. E lembro de ter sentido o alívio. Seria um dia bom, iluminado. Ele não me achava pobre, ele só me achava um câncer.

A amiga da elite carioca chegou toda suada, descabelada, tremendo. Ela sofreu de verdade. Sentiu medo de verdade no largo do Maranhão. Achou que perderia todos os seus órgãos no lugar onde fui criada. Na sequência chegou o ator Humberto Carrão. Me senti bem por alguns minutos. Preciso me recuperar porque o Humberto Carrão é bonito demais. Jesus, que homem bonito. Mas piorei. Que cacete o Humberto Carrão estava fazendo na minha casa? Minha diretora de cinema preferida comia um pedacinho de bolo. Meu sonho trabalhar com ela, meu sonho um dia ela sequer me notar. Mas isso já havia acontecido porque, no caso, ela estava no meu aniversário, na minha casa, comendo no meu pratinho Vista Alegre. Meu mal-estar só piorava. Como eu tinha vindo parar aqui? Políticos importantes decidem ir embora. Claro. É uma festa em que baixou polícia. Eles não podiam ficar. Pensei, olha lá, gente, façam como eles! Todos para casa! Ninguém ia embora. Vejo uma movimentação na despensa e percebo os ricos de esquerda saqueando comidas e bebidas que eu não tinha posto para jogo. Aquilo estava guardado numa despensa, a portas fechadas. Eram ratos saqueando tudo. Comiam em pé, farelos nas roupas, sujavam o chão. Bebiam vinhos no gargalo. Os herdeiros estavam saqueando minha despensa e a festa não acabaria nunca.

Então uma reconhecida professora de filosofia pede mais cervejas pelo Rappi. Mais trinta? E alguém berra: pede o dobro! Iriam todos morar aqui para sempre. Já tinham aumentado o som novamente. Decido: que eles fiquem, que eles tomem conta dessa casa, caguem nos banheiros, saqueiem os armários, esfarelem os restos, levem meus quadros, eu vou para um hotel. E comecei a fazer uma pequena mochila. Rafael entrou no quarto. Ele queria me ajudar. Ele realmente me amava. Ele realmente era uma boa pessoa, mas as pessoas boas também podem agir de formas terríveis. Eu via em seus olhos doces com sobrancelhas enfurecidas: "Meu Deus, o que essa maluca, sem qualquer habilidade social, está fazendo?". Como ela chama as pessoas e de repente não lida com elas? Ele conversava com todos, pedia que fossem, mas ele odiava esse papel, e sobretudo odiava o fim de uma festa. Ele passaria alguns anos comigo, sempre assustado, sempre sem entender, sempre pensando que, apesar de me amar, eu nunca marcaria boa pontuação na sua planilha de Excel do que uma mulher deve ter para estar ao seu lado. Eu jamais seria como sua tia que mandou todas as filhas pra crisma não por acreditar em Deus, mas porque é preciso seguir a tradição familiar de que todas as garotas são madrinhas das crianças da geração posterior. Eu não tinha tradição, mas era pobre o suficiente para acreditar em Deus.

Joana está ansiosa para a chegada de mais cervejas, diz que vai esperar lá embaixo com Paula. Paula é sua namorada, uma herdeira *good vibes* que ostenta o sobrenome do findo bisavô sociólogo. Ela saúda o sol, consagra ayahuasca, faz danças em torno de árvores, encontra verdades nas águas dos rios, mas vive há trinta e oito anos da ajuda dos pais e sempre que pode toma tanto MD que uma parte do seu rosto, não que ela perceba, vive em estado de curto-circuito.

Paula é influencer de sagrado feminino. Paula é *coach* de liberação de kundalini. Paula é assistente de um xamã que trabalha com psilocibina em um sítio a três horas de São Paulo. Paula é facilitadora de encontros de constelação familiar. Paula lê um tarô específico de deusas femininas. Paula tem um perfil no Tik-Tok só sobre os benefícios das posturas invertidas. Paula é tudo o que mais rejeito em um ser humano, mas ela me abraça antes de descer, "tô sentindo que você precisa disso", e me sinto melhor. Eu consigo admirá-la? Um pouco que seja? Sim. Sim! A alegria de sentir que gosto de Paula, que a abraço com entrega. Minha razão a admira. Meu esforço a admira. Minha mão consegue acariciar o rosto de Paula e dizer "você é o máximo". Mas de madrugada, quando acordo para fazer xixi, e ainda estou meio dormindo, e meu "eu ideal" está aniquilado pela vigília liberta do inconsciente, e posso ser apenas o monstro cínico que sou, eu ainda de olhos fechados balanço a cabeça e começo a rir das profissões da herdeira Paula.

Paula também é uma dessas jovens belas de sovaco peludo que adora exibir a sua nudez nas redes usando a desculpa da causa social. Pobre posta a bunda e mete um salmo, a elite posta a bunda acompanhada de um textão contra a PEC do quinquênio. O que é pior? A vaidade com desculpa social consegue me irritar mais que as religiosas empinando a bunda em piscinas de borda infinita.

Toda hora conheço um fotógrafo ou fotógrafa fazendo um trabalho "artístico social" com mulheres nuas. São jovens com peitinhos empinados, mulheres maduras famosas, amigas desconhecidas de amigas desconhecidas, gordas que dão a real, ex-modelos contra o neoliberalismo. E todas estão ali por um motivo político. De liberdade para amamentar bebês nas ruas a melhorias salariais para aposentados. De "chega de violência contra a mulher" a #FreePalestina. O peito de fora virou, há muito tempo e mesmo quando caído, a cordinha do hasteamento para qualquer que seja a nossa bandeira da semana. Não seria mais libertário e muito mais feminista assumir o poder descomunal e o prazer anarquista que nos dá abraçar a vaidade?

Joana tem ciúmes das fotos pelada de Paula, mas comenta todas, no Instagram, com foguinhos e punhos fechados de luta feminista. Paula abriu com alguns sócios um "espacinho fofo para artes" nos Jardins. Pode ser exposição, lançamento de livro, palestra, show de música, teatro. Pode ser tudinho. Paula e seus sócios, filhos de milionários, estão começando o negócio e não têm dinheiro. Então decidiram chamar todos os amigos artistas para expor, lançar livros, dar palestras e fazer seus shows, de graça. E muitos estão topando. A parceria entre os ricos que não pagam e os ricos que não recebem é muito bonita, porque eles chamam isso de "amor à arte".

Paula e seus sócios querem me contratar, mas percebo que os ofendo quando pergunto sobre o pagamento. Acontece que essa turminha que está brincando de espaço cultural nos Jardins não acha charmoso cobrar dos alunos e quer me convencer de que será excelente para a minha carreira que eu saia da minha casa e vá até lá, de graça, fazer meu showzinho.

Se ao menos me convidassem para eventos em periferias e escolas públicas (sem logos de empresas ou produção de um grupo de playboys), eu iria feliz e prometeria não onerar o chamado nem com duas balas 7Belo. Mas não ouse ser uma pessoa com investimentos em fundos multimercado, detentora de um *mailing* de endinheirados e pedir cinco minutos do meu dia sem oferecer pagamento. O nome disso não é amor à literatura, ao cinema, ao teatro, às artes, à conexão humana.

Eles não têm dinheiro, coitadinhos (nem os que brincam de espaço cultural em bairro de milionários nem os que brincam de frequentar espaço cultural em bairro de milionários), e decidem que devo esconder a minha necessidade de pagar boletos sob um sorriso trouxa de quem finge não entender que um dos problemas do capitalismo é justamente quando algum rico hippie do bem faz com que você, que precisa de renda mensal e sustenta parentes na Zona Leste, se sinta espiritual, honrosa e energeticamente inferior a ele. Acho engraçado como alguns acadêmicos herdeiros acreditam de fato que estão protegidos de sujar as mãos com a imundície do lucro porque têm estantes cheias de livros. Amigo, a chance de o seu bisavô ter sido escravagista é maior que a sua biblioteca.

Tento acabar com a festa. Explico que não me sinto bem. Riem, me abraçam, "você é uma figura". Ana, minha amiga que também sofre com fortes crises de ansiedade, me chama a certa altura e fala: "Eu sei, eu entendo, eu consigo ver, você não está bem, vai pro quarto, fecha a porta, não faça mais nada, já são três da manhã, já tem polícia lá embaixo, todo mundo já aproveitou a festa. Acabou a festa, claro. E isso é normal. É normal querer acabar uma festa. É normal estar cansada e com sono e querer que a festa acabe. Eu vou pedir para todos irem embora, um por um".

De dentro do quarto, fui ouvindo o som baixar, baixar, até desaparecer. Então escuto o interfone. A festa toda tinha se mudado para o hall de entrada do prédio. Alguns se comiam nas escadas. Se atracavam nos sofás da recepção do edifício. Fumavam, empesteando todos os andares. E eu agora pagaria uma multa de 3 mil reais por causa de pessoas tão civilizadas, que cortam suas carnes segurando a faca na mão esquerda, sempre a favor das fibras.

Enquanto eu tentava fazer meu corpo parar de tremer em uma das piores crises de pânico que já tive na vida, Rafael me cobria, dizia que estava ali, estava lá, estava comigo. Eu o amava tanto, eu realmente amava o jovem senhor durinho, de rosto sério, de movimentos sempre solícitos, o queridão, e eu queria acreditar. Eu via o esforço que ele fazia, mas pedi para ficar um pouco sozinha. Eu não saberia se de repente cagaria ou vomitaria, e ele não precisava ver isso. Eu sabia que ele era o tipo de homem que não poderia ver isso. Meu ex-marido via, mas talvez olhasse através de mim e então não via. Por que eu procurava homens que não podiam me ver se meu grande desejo, minha obsessão, era ser finalmente vista para sentir que eu existo? Então ele ficou sentado sozinho na sala vazia. O que ele faria com o amor que sentia por mim? Eu era bizarra. Todos os seus amigos artistas de centro-esquerda e empresários de centro-direita tinham sido expulsos da minha casa. Eles ainda estavam com tacinhas na mão quando Ana se aproximou deles com a firmeza necessária: "Tati se sente mal, fim da festa".

# A infância no largo do Maranhão

A casa da travessa do Triunfo, no largo do Maranhão, na Zona Leste de São Paulo, era planejada, construída e decorada para ser totalmente devota a uma televisão. O aparelho estava sempre no volume mais alto, uma espécie de chamado para que ninguém se isolasse. A casa não tinha livros ou cantos para estudo, leitura. Nem era possível se trancar no quarto para pensar. Só aos vinte e cinco anos, quando fui morar sozinha, entendi que poderia deitar, me largar e apenas pensar. Tudo girava em torno de novelas e programas toscos de TV. A gente comia em frente à TV e somente conversava, competindo com os berros do aparelho, em frente à TV. E quase sempre o assunto era também sobre o que assistíamos na TV. O homem sem cabeça do programa do Silvio Santos. O homem de duas cabeças do programa do Silvio Santos.

Meu pai brincava com ar sério que as pedras esverdeadas na parede do quintal eram esmeraldas e que o afresco de cisnes em um lago ensolarado tinha custado uma fortuna. Por muitos anos eu acreditei. Minha avó acordava às cinco da manhã para faxinar cada cantinho da casa, cada detalhe. Ela chegava a lavar paredes e tetos com uma vassoura cheia de sabão. Ela acordava às cinco da manhã para lavar o teto.

Era uma casa com muita proteção contra a vizinhança. Um portão baixo que não servia para nada, um portão teto-chão com cadeados e uma porta que fechava com duas chaves diferentes e mais um trinco.

Eu era proibida de "andar com as pessoas da rua". Era bem estranho morar naquele lugar e ser criada para acreditar que aquele não era o meu lugar.

Uma das faxineiras da casa, que se chamava Sebastiana, morava na rua detrás da nossa. A Sueli, uma pessoa que também trabalhava na nossa casa, e que minha mãe às vezes contratava para ser minha babá, morava na casa ao lado. Na infância eu tinha uma sensação maravilhosa de vila do interior, de novela das seis, de morar colada às pessoas que cuidavam de mim. Mas minha família parecia ter vergonha, e as reformas e trincos e lavações de paredes não paravam nunca. Era preciso ser mais limpo, ter paredes mais altas, ter muros de esmeraldas, para deixar bem claro que, apesar de o CEP ser o mesmo, éramos melhores.

Fiz amizade com uma garota cuja mãe tinha um carrinho de pipoca que ficava em frente à escola pública no final da nossa rua. Às vezes eu sentava ali com ela, em uma cadeira de praia, e ficava observando o movimento que se formava em torno do carrinho de pipoca. Eu paquerava dois alunos da escola que, na parte da tarde, trabalhavam como empacotadores no Kanguru, um supermercado do bairro. Quando meus avós descobriram, ligaram para a minha mãe, que saiu mais cedo do trabalho e chegou cantando pneu em frente à escola (na qual ela mesma havia estudado) e ao carrinho de pipoca. Ela fez um sinal de "entra nesse carro agora ou eu te mato". Eu entrei, ela dobrou a esquina como se fugisse de uma perseguição e me deu um dos maiores esporros que recebi na vida. Ela não conseguia parar de dizer, dramática como se tivesse me pegado vendendo drogas: "Meu Deus, Tatiane, meu Deus, Tatiane, meu Deus, Tatiane! Andando com a filha da pipoqueira!". Entendi que andar com a filha da pipoqueira era a maior decepção que eu poderia dar à minha mãe. De qualquer forma, depois disso a família da menina a proibiu de falar comigo.

Minha avó não podia ver um morador de rua machucado que voltava com água boricada, antisséptico, gaze, esparadrapos, pomada com antibiótico. Algumas vezes, sentava no chão e cuidava do homem como uma enfermeira. Minha mãe ajudava tanto as faxineiras e os office boys da empresa onde trabalhava que eles a olhavam como se vissem a aparição da Virgem Maria. Meu avô era amado pelos jornaleiros, atendentes de padaria, meninos empacotadores do supermercado. Ele sempre se comovia com histórias e torrava parte da sua mísera aposentadoria com quem era mais pobre que nós. Fui criada por pessoas generosas e decentes. Ao mesmo tempo, fui ensinada que era preciso ajudar, se apiedar, mas jamais se misturar.

Fui criada para sair daquela casa, daquele bairro, daquela estante sem livros, daquela TV ligada o dia todo no SBT. Fui criada para ter nojo do frango do bar Tio Quim e do carrinho de doces que passava vendendo sacolé. Fui a única criança da família a arrumar os dentes, cursar inglês, estudar em escola particular e fazer RPG postural. Era preciso que eu vingasse, vencesse, ganhasse dinheiro.

Mas assim que comecei a saber mais que eles, assim que comecei a demonstrar mais sensibilidade, curiosidade ou olhar crítico, começaram os apelidos: fresca, estranha, "gosta de ver o circo pegar fogo", "não quer ver ninguém feliz", "não liga pra família", "não dá valor pra nada".

Não é dito, jamais foi combinado, mas hoje se tornou muito claro para mim que além dos carinhos e dos cuidados que jamais me faltaram dentro da família, eu fui criada para ter dinheiro. Para dar dinheiro. Eu era uma espécie de aposta, de aposentadoria. Jamais para ter dinheiro dependendo de um homem. Mas para ter o meu dinheiro. Meu dinheiro que também seria dos meus pais.

O cansaço nos olhos da minha mãe, o desespero, o horror, quando aos vinte e quatro anos eu ainda estagiava, trocava toda hora de emprego e testava os trabalhos. Ela seguia pagando, emprestando, sustentando. Mas era como se eu tivesse dado completamente errado, como se eu fosse um apêndice dela, com apendicite.

Meus tios, irmãos da minha mãe, dividiam um carro Puma conversível e vermelho. Eles eram os reis da travessa do Triunfo. Chegavam com o som alto, ouvindo quase sempre The Smiths e Oingo Boingo. Eram bonitos e tinham sempre várias namoradas. Mas o que eles gostavam mesmo era de passar o domingo seminus lavando e encerando aquele carro. Todas as meninas do bairro passavam na porta de casa, acenavam, sorriam. O cheiro da cera que eles passavam no Puma conversível me dava enxaqueca e enjoo, mas eu não saía um único minuto do lado deles. Ficava fascinada com a minha riqueza. Aquele carro, meus tios milionários que trabalhavam e tinham um carro vermelho conversível. Nossa casa que tinha quintal e jardim e paredes de esmeraldas. Eu era a criança mais rica da travessa do Triunfo e, portanto, deveria ser a mais rica do mundo. Demorei pelo menos uns quinze anos pra entender que a pobreza escancarada das casas ao nosso redor nos contava a verdade de que não éramos ricos. E demorei pelo menos mais uns dez anos para entender que desejar ser diferente dos meus vizinhos, principalmente como método de sobrevivência, era o que lança jovens para a vida prontos para fazer do mundo o mesmo lugar de merda que ele já é.

Todas as crianças do bairro estudavam na escola pública que ficava no final da rua. Minha mãe e seus irmãos estudaram lá também. Eu usava meias três quartos brancas, uniforme azul que ostentava um brasão (um livro sendo atravessado por um cometa com um coração na ponta) e todos os dias, a uma hora da tarde, entrava em um micro-ônibus que me levaria a um colégio particular caro e católico. As crianças, dentro do ônibus, abriam a janela e olhavam com nojo meus vizinhos brincando lá fora. Um dia, um garoto da minha sala cuspiu pela janela e, devido ao alvoroço causado em torno do ônibus, entendemos que acertou o rosto de outra criança. Eu quis morrer, mas não consegui falar nada. Na hora do recreio, enquanto cantávamos o hino, as paçocas da minha barriga ferveram e começaram a subir pela minha boca até eu vomitar nos pés da professora Regina. Lembro o nome dela porque não se esquece a pessoa que leva um jato de paçoca líquida no sapato boneca bege.

O grande pavor da minha família era que eu pegasse piolho. Minha mãe me mostrava moradores de rua: "Tá vendo, ele tem piolho, pessoa mendiga tem piolho, nossa família jamais terá piolho". Piolho era a carteirinha de pobre que eu jamais poderia apresentar. Nunca tive piolho. Nunquinha. Minha classe inteira da escola teve piolho, mas eu acho que estava moralmente tão blindada que os piolhos morriam só de olhar para mim. Descobri, já tarde na vida, que todos os ricos do centro expandido tiveram seus piolhos durante os tempos de escola.

Hoje, enquanto escrevo este livro, aos quarenta e cinco anos, estou pela primeira vez com herpes labial. Tenho quarenta e cinco anos e estou apavorada que minha mãe descubra. Certamente ela acha que é doença de pobre.

Lembro agora de algumas frases da minha mãe. A primeira, quando aos treze anos perguntei a ela por que os meus avós (seus pais) morreram daquele jeito. Ainda eram novos quando ficaram doentes, primeiro minha avó, e um ano depois meu avô. Nunca entendemos direito o que minha avó teve. Depois eu jamais entendi por que meu avô foi até o hospital e não fizeram nada por ele. Apenas ficaram doentes e, em pouco tempo, morreram. Minha mãe respondeu: "Porque somos pobres. Rico não morre. Rico tem plano de saúde bom e não morre". Ela não estava errada. Hoje tenho amigos com mais de cinquenta anos que ostentam seus avós de mil anos. Não por muito tempo, pois eu sempre planejo assassiná-los.

Outra sentença memorável ouvi quando minha mãe esperava meu pai chegar de uma farmácia. Eu estava toda encatarrada e ela pediu que ele fosse correndo comprar soro fisiológico. Meu pai chegou com uma única e pequena garrafinha de soro e entregou na mão dela. Minha mãe olhou para mim — eu devia ter uns cinco anos — e falou: "Nunca se case com um homem que volta da farmácia com apenas um soro. Nunca. A pior coisa que existe no mundo é gente que vai comprar um negócio e compra um só".

Quando assisti à série *A amiga genial*, adaptação da obra de Elena Ferrante, não podia parar de pensar na minha mãe. Uma garota muito inteligente, com as melhores notas da classe, que foi tirada da escola pelos pais antes de completar o colegial. A professora foi até a casa dos meus avós implorar para que minha mãe continuasse estudando. Exatamente como acontece em uma das cenas da série. Minha avó também tirava sarro da minha mãe por gostar de trazer livros pra casa, ela era sócia de um clube do livro e gostava de ler Agatha Christie e Carlos Castañeda — *A erva do diabo* era seu preferido. Dizia que ela já estava na idade de ajudar mais em casa, trabalhar e fazer seu próprio enxoval para se casar.

Minha mãe conheceu meu pai quando era adolescente, ele passava acelerando seu Dodge Dart pela travessa do Triunfo e os dois trocavam olhares. Meu pai nunca teve onde cair morto, mas sempre ostentou bons carros. Muito jovem, minha mãe começou a trabalhar como secretária executiva na Ford e rapidamente passou a desfilar com modelos melhores que os do meu pai, o que o ofendeu profundamente a ponto de obrigá-la a largar o emprego.

Depois do divórcio, minha mãe voltou a conseguir bons empregos como secretária e a tratar qualquer que fosse o seu carro como um segundo filho. Pequenos amassados e arranhões a faziam chorar e ficar nervosíssima. Meu pai até hoje não tira os plásticos dos bancos de trás, para não desvalorizar.

Hoje, quando visito meu pai na Zona Leste, percebo que seus vizinhos, moradores de casinhas pequenas e capengas, estacionam nas garagens carros de até 200 mil reais. Meus amigos da elite intelectual acham cafonérrimo ter carro ou mesmo garagem. Nem Uber Black eles conseguem pedir, tamanho horror a serem vistos em um carro um tantinho melhor. Se der pra morar no Centro, de preferência em alguma rua com uma quantidade alarmante de fezes humanas, ainda melhor.

Vizinho à minha casa na travessa do Triunfo, morava tio Lázaro, cunhado do meu pai, que gostava de dizer que preto que é preto é aquele que tem nariz de preto, boca de preto, voz de preto, cabelo de preto. Aquele que escolhe uma preta para casar e tem filhos pretos. E eles são pretos mesmo, da cor preta, e ele tem amigos pretos e gosta sempre de ir a lugares cheios de pretos. Esses, segundo o falecido tio Lázaro, "na grande maioria das vezes", PRESTAM. E quando não prestam, é "da vida", porque "tá cheio de branco que não presta".

O problema, segundo tio Lázaro, eram os marrons. "Uma gente que", segundo ele, "tem um nariz que já não é tão nariz de preto, a boca já não é tão de preto, a voz é misturada com voz de branco". E daí esse tipo, o marrom, às vezes se atrapalha porque não sabe quem é. E fica "uma mestiçagem de meio metido, meio raivoso". Porque um cara metido, mas sem portas abertas, é um cara com muita raiva. Ele começa a não querer se casar com uma preta. Ele começa a não querer ir em lugar de preto. Segundo o finado tio, o marrom perde certa humildade que o preto, que é preto mesmo, tem. Mas ele não é branco, então o mundo o maltrata. Então ele não é aquele preto gente boa andando com pretos em lugar de preto e nem o camarada "com portas abertas" como um branco. Ele chega num lugar que não é cheio de preto e pensa: "Porra! Mas só tem branco aqui!". Mas se for cheio de preto, ele acha que precisa ir embora. Ele vive puto com todos e consigo mesmo. Entende? Ele se revolta. O marrom é o que comete crimes. O preto não faz mal a ninguém. Se as pessoas em universidades tivessem coragem, elas fariam esta pesquisa e chegariam a esta conclusão: quem não presta é o marrom. Essa era a teoria de tio Lázaro. Apelido Lazi. O tio que eu, na juventude, apelidei de Nazi. O tio nazista. Meus pais pediam para eu parar. A parte católica em mim pedia perdão em pensamento, mas eu desejava profundamente que ele morresse.

Um dia tio Nazi foi fazer xixi sentado (uma informação dada por sua mulher — até hoje não entendi como ela podia garantir que ele não tinha ido cagar) e caiu duro. Gosto de pensar que segundos antes do AVC fulminante tio Nazi estava imerso em seu trava-língua sem fim: preto-presta-preto-presta-preto-presta--preto-presta.

Aos dezessete anos, minha mãe me informou que passaríamos a virada do ano em uma colônia de férias em Itanhaém. Ela trabalhava no Itaú e era a colônia de férias para os funcionários da empresa. Naquela época eu não sabia que isso era coisa de pessoa meio pobre. Melhor dizendo: eu não sabia que era meio pobre. Eu tinha certeza de que era rica.

Encontrei um ex-namorado lá e acabei ficando amiga da sua então noiva. Ela me disse que ele tinha deixado de ser motoboy e estava indo bem como caixa de banco. Só naquele instante entendi que namorei por uns três meses um motoboy que me dizia ser da área de tecnologia e que, com o aumento recebido, tinha comprado uma moto porque amava viver emoções. Minha mãe ficou em choque: "Meu Deus, ele era motoboy? Bem que eu notei pela cara e pelas roupas". Não entendi direito qual era o problema de ele ser motoboy, muito menos como seria a cara e a roupa que dariam a entender que ele era um.

Meu mundo era este: eu morava no Tatuapé, estudava no Belenzinho, minha fisioterapeuta ficava no Carrão e minha dentista na Mooca. Minha melhor amiga Milena morava no Pari e a sala do seu apartamento era dividida por pequenos e inúteis degraus, formando três pequenos ambientes. Todos os móveis da casa da Milena tinham algum relevo em dourado. Eu era deslumbrada por aquela mansão e dizia que da sua pia saía uma água que parecia um mini chuveiro de linhas bem fininhas. E para fazer seus pais rirem, eu me jogava em seu tapete, que parecia uma relva branca em dia ensolarado sob os pés de Deus. Eu gostava demais de ser uma adolescente rica com sua amiga milionária. Tinha certeza absoluta de que formávamos essa dupla de grandes brancas ricas privilegiadas, donas do Brasil, topo da cadeia alimentar, ainda que não tivesse a menor ideia do que era ser isso e do que era pensar isso.

No verão de 1993, viajei para o Guarujá com a minha mãe, os primos dela e alguns amigos desses primos. Seriam quinze dias em uma casa que jamais parava arrumada. Jamais. Eram onze adultos e seis crianças. Ninguém nunca, em hipótese alguma, calava a boca. E os papos jamais me interessavam: os adultos ou conversavam em códigos sobre algo que não era para a nossa idade ou simplesmente conversavam, na nossa frente, sobre algo que não era para a nossa idade.

Ali ninguém lia livros, via bons filmes, estudava alguma coisa que prestasse. Mas a gente ria de tudo, tirava sarro de todas as situações e imitava todas as pessoas — e essa era a nossa inteligência possível. E hoje, cercada de herdeiros com seus vinte mestrados, vendo a incapacidade cognitiva deles para respostas rápidas e afiadas (ou simplesmente para o uso mais rasteiro de um pensamento com humor), acredito que tive, dentro da minha família, uma escola bastante rara e especial.

Contudo, a maior parte das crianças dessa viagem era bem idiota, elas só brigavam ou falavam de roupa de marca e dos Estados Unidos. Um dos adultos, amigo de um dos primos da minha mãe, virou minha obsessão. Ele palitava os dentes na mesa e arrotava fazendo um som escroto, como se vazasse um ar, e eu fechava os olhos para não vomitar e via a imagem de um caminhão de lixo freando.

Dia após dia daquelas férias meu horror só aumentava. Parei de comer, beber água, dormir. Minha mãe perguntava o que eu tinha, me chacoalhava "eu nunca tenho férias, nunca descanso, por que você está fazendo isso comigo?". Eu não sabia o que tinha, só sabia que sentia tanto nojo que não podia me alimentar ou respirar direito.

Não conseguia parar de olhar para a cara daquele homem. Ele fazia uma voz de desenho animado para brincar com os filhos, mas de repente se irritava e tacava um filho longe, o arremessava pelos pés como um bumerangue. A mulher dele era tristíssima, andava como um zumbi pela casa, como se o chão fosse uma esteira rolante. Os olhos do homem tinham uma coisa que me intrigava demais. O que era aquilo em seus olhos? Que cara era aquela? Era cara de filho da puta, mas naquela idade eu não tinha como saber.

No mar, enquanto brincávamos, ele dava um jeito de fazer cócegas em nossos corpos, sobretudo na bunda. A gente ria. Mas eu seguia sem apetite e tendo ataques de tremedeira dez vezes por dia.

Minha mãe decidiu voltar comigo pra São Paulo e me levar a um médico. Eu estava com aversão a leite, arroz, feijão, guardanapo, copo, chocolate em pó, carne, queijo. Só comia o miolo do pão, protegido das sujeiras pela casca, e bebia água em uma caneca que era exclusivamente minha.

Então esse homem contou que era um dos fundadores de uma casa espírita na Penha. E que, antes de a minha mãe voltar correndo comigo para São Paulo, ele gostaria de me dar um passe. E assim foi. Ele me levou para um quarto e, muito emocionado, começou a rezar e passar as mãos pelo meu corpo. Lembro de ele arrotar, chorar, respirar fundo, colocar a mão no meu coração, nas minhas costas. Lembro de sentir medo, vergonha, novamente a ânsia, e de, ao final, ser obrigada a parecer minimamente abençoada. Lembro dele sentado na cama e eu de pé em frente a ele. Lembro de o passe não ter ajudado em nada e de ter ido embora para São Paulo na manhã seguinte.

Chegando em São Paulo fui virada do avesso. Exames de sangue, urina, fezes, tomografias. Eu simplesmente não comia nada e tinha um pensamento intrusivo que me dizia para não vomitar porque se começasse, jamais pararia. Os primos da minha mãe diziam "precisa ver isso, se ela não tem questões de cabeça". E meus avós retrucavam "eles que têm que criar crianças normais pra conviver com a nossa, que se assustou com tanta coisa fora do lugar, sujeira e barulho".

Minha avó foi à igreja de Santa Rita. Um pediatra queria me internar. Eu só comia o necessário para não morrer e tinha muito medo de sentir saciedade. Se me sentisse cheia, tinha certeza de que começaria a vomitar sem parar e morreria.

Eu já tinha meus piripaques muito antes dessa viagem e viria a ter outros, por motivos diversos. Mas nunca pude esquecer esse verão. A tristeza absoluta que senti em dias tão bonitos, a solidão abissal naquela casa lotada de gente.

Trinta anos depois, assisto a uma minissérie documental sobre João de Deus. Estou sozinha na sala enquanto minha filha recém-nascida dorme em seu quarto. João de Deus leva uma menina, menor de idade, para a sua sala. Tranca a porta. Começo a passar mal, chorar compulsivamente, ânsia de vômito, medo, tremedeira. Vejo a porta do quarto da minha filha fechada e penso que não vou conseguir ser mãe. Sou só uma criança apavorada, como vou poder ser mãe dela? Nessa noite, faço uma pequena mochila, tiro leite com a ajuda da bomba e guardo na geladeira, aviso o pai dela e vou dormir no sofá da casa da minha mãe.

Será que aquele homem, amigo do primo, abusou de mim?... Não consigo lembrar se ele fechou mesmo a porta. Por que minha mãe não desconfiaria de um adulto que leva uma criança para um quarto e fecha a porta? Lembro que ele benzeu meu coração. Será que passou a mão nos meus peitos? Por que um homem daria um passe no coração de uma pré-adolescente sozinho com ela em um quarto? Lembro de ele fazer tipo uma limpeza com as mãos, para tirar o mal de mim, passando rapidamente os dedos, correndo, pelo meu corpo todo. Lembro que ele segurou minha testa e de ter pensado que ele era uma boa pessoa. Uma pessoa má não seguraria assim minha testa.

Tento conversar com minha mãe sobre esse sujeito e ela na hora balança a cabeça "lembro desse cara, era um horror, uma vez travou minha passagem no corredor, ficou se encostando em mim". Ela diz isso enquanto encontra uma linha sobressaliente na minha blusa, a enrola no indicador até o dedo inchar, e puxa com força.

Nessa época minha filha tinha uma babá chamada Daniela, que era uma mulher bonita, corpulenta, e eu vivia a protegendo dos comentários dos funcionários do prédio em que eu morava. Eles mexiam com ela, faziam piadinhas que a deixavam sem graça, e fui até o síndico, falei com a administradora, mandei cartas, registrei no caderno do condomínio. Ficava pensando qual era a palavra que definiria o que faziam com a moça: assédio, tosquice, ignorância, falta de "educação afetiva". Aqueles homens sem estudo, advindos de famílias quebradas, sem nível, sem livros, sem viagens, sem filmes, sem cultura, famílias que se comportavam mal, que tratavam mal as mulheres, aqueles homens eram uns desgraçados a serem punidos com demissão ou uns coitados frutos de um país tão precário e machista?

Então, no aniversário de um ano da minha filha, encontro os irmãos da minha mãe e meu pai alucinados pela bunda da babá. Olham como cachorros magros de rua. Falam alto, riem, querem que a moça perceba. A moça que deixa seu filho pequeno em casa todos os dias, atravessa a cidade, e vem me ajudar com a minha filha.

Meu ex-marido não entra na brincadeira, comenta que meus tios e meu pai estão agindo errado, não participa, se revolta, e minha família então decide que "se ele resolveu defender a babá, alguma coisa tem aí". Está dada a fofoca: ele tem um caso com ela.

O suposto caso se espalha. Agora a senhora que me ajuda com a limpeza da casa comenta com outros funcionários do prédio que meu marido e a babá têm um caso. Os porteiros param, finalmente, de mexer com Daniela. Eu e o pai da minha filha, que pudemos estudar, ler, sair da periferia (eu porque nasci, de certa forma, inserida nela, ele porque, mesmo de família abastada e intelectualizada, morou por muito tempo em uma cidade cercada por pobreza), viajar, ter livros em casa, ver filmes, ter amigos e trabalhos que puderam nos formar, nós só observamos. Como se estivéssemos em um camarote. Como pessoas da área VIP assistindo a um jogo de futebol de várzea que deu briga e estão todos se engalfinhando, desajustados e excitados, por conta de uma bunda muito grande que invadiu o estádio. E queremos rir, mas passamos um pouco mal também, enojados, sem saber o que fazer com a repugnância que sentimos desse lugar de onde viemos e de onde saímos. Esse lugar que grita ao ver uma bunda. Meu marido estudou filosofia, história, cinema. Estudei literatura, psicanálise, feminismo. A roda dos homens berrando porque viram uma bunda odeia a gente. Quem somos nós, que nos negamos a sexualizar aquela mulher? Por que estamos entretidos com outra coisa se uma bunda gigante assombra nossa casa? Como posso não estar nervosa, subjugada pela fêmea fatal que coloquei pra me ajudar com meu bebê? Como pode meu marido estar em reunião e não atravancando a passagem da babá no corredor? Seríamos nós uma ofensa ao modo de viver e de pensar da minha família da Zona Leste?

Comemorei meu aniversário de quinze anos, na década de 1990, em uma danceteria chamada Resumo da Ópera, dentro do shopping Eldorado. Estava fazendo meus passinhos *Double You* com amigas quando troquei olhares com um garoto engomadinho e ele automaticamente foi se aproximando de mim. Quando o adolescente estava a vinte centímetros da minha boca, seu colarinho foi pescado pelas mãos de um outro garoto, mais alto e mais forte, que lhe deu uma imensa bronca: "Tá doido! Mó mina pobre!". Os dois garotos riram, e o rapaz que trocou olhares tão doces comigo falou pro seu amigo: "É que tô bêbado!".

Eu era po-bre? Era a primeira vez que alguém dizia isso. Será que eu era pobre? Como uma branca que come camarão no Vivenda do Camarão do shopping Center Norte e tem pelo menos duas roupas da Pakalolo compradas no último Natal pode ser pobre? Como uma jovem cuja mãe tem uma gaveta só de calcinhas e outra só de sutiãs, em vez de misturar tudo em uma gaveta só, pode ser pobre? Eu havia ido pra Disney e meu pai sempre me dizia: "Você é a primeira geração da família que pode arrumar os dentes". Esse menino não sabia que eu tinha dois aparelhos de televisão em casa, dois banheiros, liquidificador, geladeira, e que o Censo tinha ido lá em casa e que minha mãe, ao responder tudo o que tínhamos, ticou absolutamente todas as perguntas da lista com "sim"? Nós gabaritamos o Censo 1994, meu querido. Ele não tinha ideia alguma do que era ser pobre.

Milena percebeu que eu dançava de forma dedicada, mas estava um tanto falecida por dentro, e perguntou o que eu tinha.

Eu contei que uns garotos apontaram para mim e disseram que eu era pobre. Milena disse que isso era normal: "Essas pessoas 'daqui' são assim, mas não tem outro jeito, prefiro vir aqui a sair lá onde moramos". Aquela frase *bugou* minha mente. O que eram as pessoas "daqui"? O que era "lá"? Não éramos todos brancos, ricos, estudantes de escolas particulares que foram pra Disney e usam calça da Fiorucci? Minha amiga riu: "Tati, meu primo que faz Santa Cruz não me olha na cara. Uma vez minha tia veio me deixar em casa e ele ficou o tempo todo dentro do carro falando que íamos morrer por ter que ir até uma favela". Eu não sabia o que era fazer Santa Cruz. O que era Santa Cruz? Eu não entendia como a casa zilionária da minha amiga, com pia de minichuveiro de linhas finas e tapete relva do céu poderia não ser o epicentro da riqueza da cidade.

Meu aniversário de quinze anos foi marcado pela morte do Ayrton Senna e pelo buraco que se abriu aos meus pés. Se com tudo o que tinha eu não era rica, o que era ser rico? Eu sabia que a Hebe, o Silvio Santos, a família Marinho, o Gugu, o Faustão, o Pelé eram riquíssimos. Muito mais do que eu e a minha amiga Milena. Mas isso eram dez pessoas, no máximo. Logo abaixo delas vinham nós, brancos que frequentavam uma escola particular católica, estudavam inglês no Senac e passavam as férias na praia da Enseada. Então existia um eles e existia um nós? Assim como, durante toda a minha vida até aquele dia, existia um nós e existiam os vizinhos pobres da nossa rua? Por que isso importava?

Ao sair da festa, pela primeira vez empinei a coluna até quase romper o meio das minhas costas. Fiz uma cara de arrogante, queixo empinado. Dentro da cabeça, repetia como mantra a frase que meus tios diziam sobre mim à minha mãe "tem cara de rica, vai se dar bem, tem cara de rica, vai se dar bem".

# Self-mades & aristogatos

Durante a faculdade descobri que duas garotas da minha sala ganhavam muito bem como vendedoras de loja. Cheguei a ter certa compaixão por aquelas meninas que ralavam a manhã toda, provavelmente para complementar o orçamento da família. Uma delas se chamava Camila, era linda, altíssima, tinha um porte que eu não sabia nomear. Só conseguia olhar para ela e pensar em uma beleza equina. Fui falar com a Camila. Disse que logo mais procuraria um estágio em publicidade, mas enquanto isso, adoraria ganhar uns trocos como vendedora de loja. Me senti humana dizendo isso. Ela poderia me ajudar? Camila era boa gente, mas suas amigas automaticamente se entreolharam, arregalando os olhos, e saíram de perto. Não entendi. Camila me explicou que trabalhava na Daslu. Eu não sabia o que era Daslu. Ficava dentro de shopping? Era loja de rua? Era uma rede? Camila coçou a sobrancelha. Estava na cara dela a pergunta "como é que eu explico isso para essa menina?". Ficamos alguns segundos em silêncio, ela mexendo na bolsa para achar os óculos escuros, até que falou: "É bem difícil de entrar lá, querida, é porque a minha família, enfim, conhece as pessoas lá... geralmente quem trabalha como vendedora, é porque conhece e... enfim, se quiser tentar, aparece lá um dia e eu tento te apresentar, pode ser?". E saiu ao encontro das suas outras amigas que fitavam o chão, com a boca em um bico tenso, segurando uma risada que eu não poderia imaginar o que queria dizer.

O lance com a loja não deu certo, mas no mesmo ano arrumei um estágio na redação de uma das principais agências de propaganda do país.

Um dia foi aniversário de um dos redatores e ele convidou a empresa inteira para almoçar no finado restaurante espanhol Don Curro. Eu já estava pegando a minha bolsinha, uma imitação barata da Louis Vuitton (que eu não tinha ideia de que era uma imitação porque não conhecia a Louis Vuitton), quando o redator, que vinha do interior de Rondônia, mas a essa altura já se vestia como os homens que andam rapidamente pelas rampas do shopping Iguatemi, fez um sinal para que eu parasse. "Tati, lá é bem caro, tô te avisando porque... sei lá, talvez você se assuste com o valor, se sinta mal, se arrependa de ter ido. Por isso eu mandei um e-mail só chamando algumas pessoas." Então por que todos os estagiários tinham sido convidados? Ele sorriu: "Os estagiários dessa agência são mais ricos que o presidente. Todos são filhos de clientes. Nunca reparou naqueles carros pretos parados na garagem? São os seguranças dos estagiários".

E assim todos saíram para comer, menos eu e os funcionários que trabalhavam na portaria e na segurança; o revisor de texto obeso e "careca cabeludo" que os sócios isolavam em uma salinha separada ("cliente quando vem aqui não pode ver gente feia") e duas mulheres do departamento de mídia que, segundo fofocas no cafezinho, também estavam gordas demais e seriam demitidas.

Eu trabalhava de manhã como secretária e estagiava na redação na parte da tarde. Como o estágio não era remunerado, eu não podia me dar ao luxo de atravessar a cidade e não ganhar um centavo. Eu recebia muitos elogios e por alguns anos fui selecionada, entre centenas de jovens, como uma das melhores redatoras do país. Chegava em casa esfuziante. Minha mãe não dava muita bola, até que um dia, enquanto esticava uma manta extra na minha cama porque a noite seria gélida, me disse: "Até quando você vai acreditar nesses idiotas que te enrolam? O único elogio que presta é o dinheiro! *Money*, Tatiane, GRANA, Tatiane, salário, Tatiane! É isso que você tem que ganhar desses exploradores filhos da puta!".

Eu me tornei uma pessoa obsessiva por dinheiro. Acordava e ia dormir pensando em como ganhar dinheiro. Era por mim, mas também porque minha mãe parecia viver aguardando um homem que não fosse um completo *loser*. Ela esperou a vida toda por alguém bem-sucedido que ela pudesse finalmente admirar (e talvez descansar um pouco). Eu seria esse cara.

Algumas semanas depois do Don Curro, nome que jamais esqueci porque imaginava um toureiro espanhol enrabando o redator de Rondônia, comecei a lidar com pagamentos pessoais. Era uma época em que, não muito diferente de hoje, a grande maioria dos cargos de poder era ocupada por homens e eles me enchiam de contas de luz, água, cartão de crédito, boleto de escola dos filhos.

Juliano, um cara que na época deveria ter uns vinte e oito anos, apenas oito a mais que eu, foi um dos primeiros a me passar seus dados e a me pedir que pagasse uma conta qualquer. Liguei no banco e, do outro lado da linha, sem que eu perguntasse ou estivesse preparada, escutei uma voz automática dizendo "seu saldo do dia está em se-ten-ta e cin-co mil e qua-ren-ta e se-te reais". Eu jamais vou esquecer o que senti. Setenta e cinco mil reais em 2001, assim, de bobeira. Não estavam em aplicação, não era o dinheiro guardado da vida, ele tinha ali, de bobeira, dando sopa, numa tarde quente de quarta-feira. Como quem tem 2 mil reais e pensa "esse final de semana estou em paz". Senti os lábios da minha vagina se transmutarem, estavam imensos, quentes, melecados. Liguei de novo, para ouvir de novo aquela quantia.

Contorcia meus pés. Fala de novo, fala. Fale de novo, voz robótica. O que eu queria? O que era aquilo que o dinheiro causava em mim? Era errado sentir isso? Eu era uma pessoa péssima, interesseira, uma putinha? Eu queria sentar na cara de Juliano? Me ajoelhar e lamber os joelhos de Juliano e ir subindo? Queria que Juliano jogasse aquele dinheiro em mim, me batesse com algumas notas bem novinhas? Ou eu queria ser Juliano? Era isso. Eu nunca na vida havia desejado tão fortemente sentar em cima de um homem para que ele desaparecesse, fosse esmagado, sentar para ocupar seu lugar. Eu queria que minha vagina engolisse Juliano para que eu toda virasse ele. Eu não queria ser amante, mulher, filha daquele homem. Eu queria ser homem e ter aquele salário e dar a minha senha para alguém pagar minhas contas. Queria ser o cara que lança sua realidade financeira à mente de uma garotinha da Zona Leste e diz: "PAGA PRA MIM".

Alguns meses depois, meu chefe me avisou que ia demitir um monte de gente, incluindo o Juliano, e que a agência tinha acabado de contratar os três criativos brasileiros mais premiados internacionalmente. Todo mundo estava curioso, excitado, como se esperássemos que de dentro do elevador do terceiro andar fosse cuspido algo ainda mais precioso, revolucionário e nobre que a cura do câncer.

Eram pessoas que chegariam ganhando em dólar. Na época o salário deles era em torno de uns 130 mil reais. Por mês. Quem chegaria? Que tipo de humano que deu tão certo chegaria? Como eles seriam? Meu Deus, como eu gostava de dinheiro. Como eu gostava daquele ambiente do dinheiro. Então ele chegou: Fernando. Fernando tinha um metro e, talvez, mais uns sessenta centímetros. Era feio, estranho, mas seus olhos tinham uma força, uma sede, uma raiva que me emocionavam. Ao sair do elevador, ele franziu a testa como se a minha presença ali fosse ainda mais atrativa do que seu novo salário. Ele veio aos poucos se aproximando, se aproximando, e então me disse: "Você parece a Julie Delpy. Não sabe quem é, sabe?". Eu sabia quem era a Julie Delpy, só não sabia, na época, o quanto aquela dúvida, dirigida a uma secretária, vinha carregada de machismo e preconceito. Sorri e na hora fizemos aquele silencioso pacto pelo olhar que diz: "Sim, em algum momento vamos transar".

Nos dias seguintes, fiquei fascinada pela forma como ele digitava, batendo no teclado, socando as letras. Fernando trabalhava com fones no ouvido e talvez não se desse conta do barulho que fazia. Nada no mundo era mais erótico do que os olhos obsessivos e cheios de cacoetes daquele homem estranho e medonho que arregalava mais e mais suas íris conforme suas mãos espancavam o teclado.

Eu era praticamente virgem aos vinte anos. Só tinha transado com um residente de urologia que me comia no seu micro quarto dentro do Hospital do Servidor Público. Eu era obrigada a tomar banho no único chuveiro que servia a todo o dormitório dos estudantes, aquele chãozinho lodoso. Daí um dia o mediquinho me largou, dizendo que sua mãe tinha achado meu comportamento moderninho demais quando, em viagem para Patos de Minas, dei um jeito de deixar a avó dele falando sozinha e quis sair com ele pela cidade, para arrumar algum motel pra gente transar — que é o que eu tinha ido fazer naquela lonjura desgraçada. Fui largada porque não era moça para casar e porque não sabia passar as camisas dele.

Cheguei na agência chorando pelo fim do relacionamento quando Laura, a única diretora mulher da agência, me disse: "Amor, nunca, nunca, jamais, perca seu tempo com um cara desses, num quartinho desses, banheiro dividido com outros quartos... amor, nunca mais, ouviu? Esse tempo acabou, você é bonita, você tá aqui dentro, você chegou, você tá aqui agora, vamos cuidar de você, nunca mais, o.k.? Você não imagina, mas sua vida começa agora. Hoje. Nunca mais".

Então me contaram o que jamais deveriam ter me contado. Fernando nasceu pobre. Muito tempo indo trabalhar de ônibus, levando marmita, usando roupas baratas. Mas trabalhou tanto, tanto, que aos vinte e sete anos parecia ter quarenta. Hoje penso que tipo de vitória é essa que um cara é considerado gênio por saber vender bem um sabão em pó. E por parecer idoso antes dos trinta anos. Ele claramente achava que mandava na porra toda, que estava produzindo pura arte, que tinha total capacidade para ganhar um Oscar. Todos eles achavam isso naquela época, e eu comprava completamente a imbecilidade do ambiente.

Então Fernando me mandou um texto dele. Alguma merda que ele tinha escrito para vender absorvente interno. Queria "a minha opinião". Eu disse que ele era brilhante, ele respondeu que "via em mim muito dele". Ah, essa frase (estou rindo agora, mas no dia senti o vento na cara, meus pés dentro do trem, o trem em movimento, minha família dando tchau, tchau, vai com Deus, vai ganhar dinheiro, filha da puta!!!). E assim começamos a trocar textos, músicas, piadas maldosas sobre funcionários e ele me convidou para almoçar.

Eu agradeço demais que em 2025 isso tenha se tornado, aos olhos do departamento de recursos humanos de qualquer boa empresa, um delito gravíssimo. Folgo em saber que nossos filhos provavelmente não passarão por isso. Mas confesso um imenso comprazimento por ter sido uma subalterna gata no início dos anos 2000 e ter passado o rodo naqueles senhores transantes que vieram do nada e se tornaram bem-sucedidos depois de noites e noites trabalhando. Não queria filho de cliente, filho de dono, não queria herdeiro, eu já tinha preconceito com riqueza fácil. Eu queria o cara que começou tendo que levar marmita e aos vinte e sete anos ganhava 130 mil reais. Era isso o que eu seria. Eu ainda estava na fase de levar marmita. Mas minha missão maior da vida, naquela época, era ser um daqueles idiotas.

Entrei no Audi dele com bancos de couro. Eu não sabia o que era Audi. Sabia o que era couro, mas não sabia o que era um Audi com bancos de couro. Ele falava: "Olha, passa a mão no banco". Era muito ridículo, e eu sabia que era, mas adorava a personagem que fazia ali. Em vez de almoçar fomos para o motel. Ele dizia: "Só transou com uma pessoa? Precisamos resolver isso". Ao chegar lá, eu não estava frágil, eu não era a subalterna abusada e deslumbrada. Estava agradecendo a Deus por me proporcionar esse fetiche. O jogo de poder me excitava demais. Que ele pensasse o que pensasse, não importava. Queria que aquele vencedor com salário em dólar me subjugasse. Queria que ele tocasse meu corpo como ele tocava o seu teclado.

No dia seguinte, ele, que sempre ia trabalhar de calça social preta e camisa de linho branca, chegou de camiseta do Ramones e calça mais justa. Usava um tênis medonho de corrida. Era a sua roupa de "sou casado, só trabalho, mas ontem eu transei fora do casamento com alguém da firma". Ele passou o dia inteiro sem me olhar na cara, até que umas sete da noite mandou uma mensagem perguntando quando repetiríamos. Eu respondi: "Agora mesmo, me encontre na copa, no último andar". E lá foi ele, me esperar, enquanto disfarçava seu pau rígido desde o elevador. Peguei minha bolsa e fui para casa, jamais aparecendo onde ele me esperava, só para deixar claro quem ia mandar na putaria.

Ficamos nessa por alguns meses, até que eu mudei de agência e conheci Maurício. No meu primeiro dia no trabalho novo entrei na sala dele para aprovar um roteiro de comercial e ele leu, leu e falou: "Querida, desculpa, isso está uma merda". QUERIDA. DESCULPA. ESTÁ. UMA. MERDA. Foi a mesma sensação de quando ouvi a voz robótica do banco falando de uma quantia grande de dinheiro na conta de Juliano.

Voltei para minha mesa e fiz mais umas 234 opções. Levei de novo. Ele disse: "Agora tem uns dois que prestam". Como os jovens de hoje suportam a vida longe de chefes assim? Essas figuras que atravessavam a linha fina entre a mentoria e o assédio moral. Fui moldada por vinte anos ouvindo "isso aqui está uma merda". Dez na publicidade e dez na Rede Globo. Hoje tenho quarenta e cinco anos e me digo o tempo todo: Melhore. Melhore. Melhore. Isso está uma merda. E não consigo aguentar nenhum jovem que eu contrato. Todos vivem doentes, deprimidos, ofendidos, chorosos, moles, precisando de seus respiros meditativos, suas viagens xamânicas, e quando fazem um trabalho de merda e sou obrigada a dizer, me olham como se eu fosse uma versão muito ultrapassada de algo já bastante e devidamente criminalizado e superado por todos: a pessoa que paga seus salários.

Maurício era romântico, carinhoso, apaixonado. A gente se falava 674 vezes por dia. Nos encontrávamos pelo menos umas três vezes por semana. Mas ele era meu chefe e ninguém podia saber. Eu amava isso. Também tinha uma namorada, uma relação arrastada de dez anos, da qual ele não queria se desvencilhar.

Maurício nasceu tão pobre que dormia aos pés da cama da mãe com os irmãos. Aos quinze anos foi trabalhar como garçom, mas já que desenhava bem, conseguiu, aos dezenove, um emprego de meio período em publicidade. Em menos de quinze anos, foi de garçom a vice-presidente de uma das maiores agências do país. Eu pensava nisso antes de dormir e sentia minha boca encher de saliva. Ele era garçom e hoje é vice-presidente. Mesmo sendo o maior dos clichês do homem branco, eu tinha um apreço imenso pela trajetória do herói.

Eu era bonitinha e tinha algum talento como redatora. Isso não fazia de mim exatamente rara, mas me tornava no mínimo atraente. Contudo, o grande lance é que eu era suburbana, inexperiente e fazia a cara que eles adoravam ao ver um Audi com banco de couro ou ao ser levada pra comer em um restaurante japonês cinco estrelas nos Jardins. Isso era um fetiche imenso pra eles. A garantia, para aqueles homens tão inseguros, que seus paus subiriam. E a cara deles vendo meu personagem era um fetiche imenso para mim. Mas, sim, eu gostava de eles serem ricos. Gostava demais. Entendi o que era ser rico e gostava muito. Queria ser eles e na minha megalomania tinha certeza de que seria mais que eles. Mas enquanto não chegava lá, acreditava que precisava ser a pessoa que eles abandonavam na quinta-feira para depois voltar animadíssimos e taradíssimos na segunda. Achava que, naquele momento, esse era o único lugar que eu poderia ocupar. Eu gostava quando chegavam com seus imensos carros e eu saía por uma porta escondida. Menti quando disse antes que eu estava o tempo todo no controle: eu não sabia desejar nada diferente daquilo. E sofria muitas vezes. Não queria uma pessoa igual a mim, mas também não me sentia nem de perto no mesmo nível que eles. Era um lugar de muita angústia, e de muito tesão.

Com vinte e dois anos, namoro Rodrigo, um carioca filho de ricos intelectuais, professores da UFRJ. Ele não é nenhum grande amante, mas transamos normalmente, sem grandes questões. Um dia descubro que ele me trai com uma mulher madura e com uma carreira já consolidada. Um pouco apaixonada pela mulher, combino um café com ela, que, chorando, me diz "não se sinta mal, em um ano que tentamos, ele jamais conseguiu transar comigo, ele brocha todas as vezes". Conto isso pra minha mãe e ela me diz: "Minha filha, ninguém brocha com secretária. Eles nos veem como mulheres muito inferiores". Não sei o que me magoa mais. Se é a traição do homem, se é o mundo como ele funciona ou se é o jeito tão direto como minha mãe fala comigo. Peço demissão.

Com vinte e cinco anos comecei a namorar o Gustavo, um publicitário bem-sucedido por quem me senti completamente arrebatada. No primeiro encontro, quando fui conhecer seu apartamento, ele me explicou que aquela rua, a Pernambuco, tinha sido eleita "a melhor de São Paulo". Sua casa tinha decoração, segundo ele, minimalista. Eu jamais tinha ouvido esse termo. Mas entendi que era um tal de pouco, que na real era muito. Na sala de TV não tinha sofá e sim uma cama futom enorme. Nunca tinha ouvido esse nome "futom", mas ele me garantiu que era caríssimo.

Começamos a namorar e, tirando o humor ácido e uma necessidade profunda de ser amado e aceito, não tínhamos absolutamente nada a ver. Nada. Tudo nele me irritava. A voz nasalada de herdeiro, a necessidade de viver marombado em detrimento da leitura de livros e a fala obsessiva sobre renunciar à riqueza para ser um pescador. Décadas depois eu o encontraria dando uma palestra, um tiozinho semiacadêmico. Mas naquela época ele me soava raso, ainda que parecesse ser duzentas vezes melhor que todo o seu entorno.

Gustavo foi o primeiro homem que usou em mim a celebrada técnica da língua no clitóris enquanto o dedo adentra a vagina e acho que eu o amava por isso. (Será que os dois homens que mais amei na vida só me deram bons orgasmos?) E amava que ele representasse um lugar, esse lugar que eu precisava chegar, essa casa com decoração minimalista e cama futom. Se ele me aceita, se ele me ama, eu sou isso? Queria me aconchegar no quentinho infernal desse lugar que, ao mesmo tempo, planejava implodir de dentro para fora. Eu guardava na mente, o tempo todo, cada detalhe do seu comportamento, cada frase, para depois escrever sobre isso. Passei pelo menos uns cinco anos usando todos os amigos dele como personagens dos meus roteiros.

Então Josi, uma amiga da faculdade, me chama pro seu aniversário. Josi morava no Capão Redondo. Gustavo vai comigo e, conforme nos aproximávamos da casa de Josi, ele começa a ter certeza de que vamos ser assaltados, sequestrados e mortos. Ele me diz sem parar: "É isso mesmo? A vida vai acabar assim, num sábado à tarde, com tantos sonhos que ainda temos pela frente?".

Eu explico que ele me conheceu quando eu já morava em Perdizes, mas antes eu vivia em um lugar que, apesar de ser bem melhor que o Capão Redondo, era plenamente diferente da rua Pernambuco. Ele não quer ouvir. Gustavo, eu morava numa rua e, atrás dela, tinha umas casas, era meio favela. Ele ri da minha cara "que dramática". Chegamos à festa de Josi. Percebo no andar de Gustavo que sua pele se retrai como se o oxigênio tivesse automaticamente virado uma possibilidade imediata de tétano. Está desesperado para ir embora. Ele me olha pedindo socorro. Me tira daqui. Perde a voz, o viço, a postura. Ele não sabe lidar. O homem que renunciaria a toda a sua riqueza para ser pescador em uma ilha sem energia elétrica está desesperado.

Josi vem correndo, feliz, me abraça. Seu pai tem centenas de passarinhos. Josi agradece as flores e diz que o churrasco já começou. Gustavo começa a falar na minha orelha que mataram um ser humano. Certeza absoluta. É carne humana que estão comendo, de algum cunhado assassinado naquela manhã. Gustavo começa a feder suor. Ele está tão nervoso que começa a feder. Todos bem cheirosos no Capão Redondo, e tenho vergonha do cheiro de Gustavo.

O sovaco de Gustavo me voltaria à mente, quase duas décadas depois, quando eu decidisse me matricular em uma academia em Higienópolis. O cheiro daqueles playboys, mistura de peido de Whey Protein importado com um desodorante vencido que pouco se importa com o trabalhador ao lado, é o auge do descaso de classes. Aqueles homens estavam pouco se lixando que suas axilas estivessem aniquilando, por pura arrogância, a salubridade olfativa de cem metros quadrados. Estudaram tanto tempo na FAAP e velejaram tanto tempo em Ilhabela para, aos quarenta e poucos anos, federem como feras imundas no pântano.

Talvez as autoestimas bem-nascidas lhes murmurassem: "Que nobre odor de testosterona em spray!". Não, querido, você fede.

Talvez não seja egoísmo, apenas anosmia festiva. Acredito que feder, mesmo para quem tem a vida ganha, é a mais escandalosa e vexatória derrota. Mas eles não se importam. Gustavo não entra, não senta, fica imóvel perto da porta. A dor que eu causaria em Josi se fosse embora em cinco minutos me faz sentir vertigem. Estava decidido: eu ficaria pelo menos três horas naquela festa. E convenceria Gustavo a ficar. Então tenho a ideia. E digo no ouvido de Gustavo: se você ficar nessa festa comigo sem reclamar e tentar relaxar, vai ganhar o Cartão Vale Boquete. Um cartão com vinte boquetes que podem ser utilizados até o fim do ano. E não importa dia, hora ou lugar. Você liga pra nossa central de atendimento, que funciona vinte e quatro horas por dia, sete dias por semana, e pede o seu boquete. Em poucos minutos o boquete chegará até você. Está sentado trabalhando e quer um boquete sem nem precisar levantar da mesa? Levamos até o senhor. Está deitado na cama até tarde e com preguiça de levantar até para pegar água? Nós levamos uma água geladinha e ainda fazemos, com a boca geladinha da água geladinha, um boquete premium no senhor.

Gustavo levantou na hora, enfiou a carne humana dentro do pão, serviu-se de Tang. Por pelo menos uma hora, conversou longamente com o pai da aniversariante sobre a criação de canários e periquitos. Tive que implorar para ir embora porque ele descobriu que o homem também sonhava em ser pescador.

Gustavo era um aristogato dos esportes. Sabe esses ricos paulistanos que gostam de velejar, fazer kitesurf e participar de grupos de corrida? Eu odeio os aristogatos, prefiro sempre um tipo com barba, pancinha, depressão, que tenha feito ciências sociais e que dê aqueles miniarrotinhos de cerveja que mais se parecem com assopros quentes com cheiro de pão vencido. Mas, vez ou outra, cansada do merdeiro (o herdeiro que vive na merda porque sabe que nunca vai viver realmente na merda), caio na lábia dos liberais aristogatos do esporte.

Numa dessas fui parar em um campeonato de aristogatos em Ilhabela. Eram todos lindos, os corpos ensinados desde a infância a ter o porte do vencedor, os ombros jamais curvados porque a musculatura, a ossatura, as fáscias, tudo nessas pessoas é ensinado desde a infância a ser empinado, ereto, largo, espaçoso. Sempre que os observo, os aristogatos e as aristogatas, entendo que eu me locomovo como quem sofre, tem dor, franze e enruga as expressões, luta contra a claridade, os joelhos, se arredonda e pesa para que o vento não vença e arremesse nossas carcaças para trás e de volta ao lugar ao qual pertencemos.

Eu estava em uma rodinha deles. Gustavo era um cara tão bonito, mas tão bonito, que eu tinha ataques de riso quando olhava pra sua cara, enquanto ele dormia. Ele tinha uma gaveta em seu escritório com fotos de viagens e nelas eu sempre encontrava o registro de suas ex-namoradas modelos. Impecáveis. Bem-nascidas. Eu tinha o costume terrível de me agachar no chão do banheiro dele enquanto tomava banho, a água quente deixando minha vagina perto do ralo, e começava a contar todos os azulejos. Se ele me ama e esqueceu essas mulheres, o final da conta vai dar número par. Se não me ama e vai me largar por uma daquelas mulheres, o final vai dar ímpar. Eram muitos azulejos azuis e nunca dava certo contar todos e eu recomeçava.

Bem, mas eu estava em uma rodinha com eles. Na praia. Em um campeonato de sei lá o quê. Meu corpo era muito magro porque eu era anoréxica, então talvez me confundissem com alguma pessoa que poderia estar ali.

A cena dos "óculos & muco" sempre me voltava nessas horas. Eu com treze ou catorze anos, prova de matemática, fui colar da minha amiga que sentava atrás de mim e bem na hora a professora falou comigo. Joguei tão repentinamente minha cabeça de volta pra frente que meus óculos, que só tinham uma haste (a outra tinha quebrado e meus pais brigaram tanto pra ver quem pagaria o conserto que por mais de um ano eu fui para a escola com os óculos bambos), voaram longe e caíram nos pés da professora. Aquilo era muito engraçado, mas eu não podia dar uma gargalhada alta, então gargalhei para dentro com muita intensidade e uma bolha gigantesca de ranho se formou no meu nariz, estourando em cima da minha boca. Essa era eu. Essa era a mesma mulher que agora estava em uma rodinha com os aristogatos em um campeonato de sei lá o quê em Ilhabela.

Então Gustavo começou a dizer que se ganhasse, daria a medalha para mim. E todo mundo: "Ai, que fofo, que lindo". Eu achei engraçado dizer a seguinte frase: "Se ganhar e me der a medalha... hoje tem cuzinho". HOJE TEM CUZINHO. Eu nem fazia sexo anal na época, assim como passei toda uma vida sem fazer. Minha mãe, como a Miriam Rios, era contra o sexo anal. E eu achei que deveria ser também. Mas, por alguma razão, achei que a piada HOJE TEM CUZINHO seria engraçada. Lancei ela no meio dos aristogatos todos. E não riram, olharam para o chão, as meninas saíram com suas caipiroscas de lichia conversando sobre manchas de sol no rosto. Os caras, meio tristes, bateram no ombro de Gustavo: "Arrasa no campeonato, campeão". E Gustavo saiu para a competição sem me olhar na cara.

Aos trinta, em um aniversário de amigos, conheço Gabriel. Ele estava no canto de uma mesa, quieto, meio tímido. Fiquei encarando seus olhos baixos até que ele se incomodasse o suficiente para levantar e me dizer que não tinha medo de mim. Ele ofereceu uma carona e fomos até seu carro. Era um Ford Ka azul-claro cheio de adesivos de pesca. Eu pensei em desistir, mas ele estava mudo e a pessoa muda me deixa tão nervosa que não consigo parar de falar.

O beijo era bom e pedi que ele subisse até meu apartamento. Assim que ele tirou a camisa, vi a tatuagem de árvore cujos troncos eram nomes de pessoas da sua família. Nunca esqueci aquele CÉ-

LIO escrito em cursiva rococó, bem grande, tomando todo o desenho da escápula esquerda dele. Havia uma Sandra também, perto do rim direito, e do último "a" da Sandra saía um caule cheio de espinhos e na ponta tinha uma rosa vermelha prestes a desabrochar. Como transar com alguém que tinha aquela tatuagem? Mas ele era um menino bonito, muito jovem e eu tenho questões complexas quando a mão de um homem é aquele tipo de mão que você olha e fala "que mão de homem você tem, por favor enfia essa mão de homem inteira em mim". Ele tinha esse tipo de mão.

Depois do sexo ele quis dormir na minha casa e eu disse que tudo bem, ele podia ficar lá no meu sofá, na sala, desde que não fizesse barulho. E tranquei a porta do meu quarto para ele não entrar. Disse que pela manhã ele podia comer o que quisesse na geladeira, desde que não me acordasse. Eu nunca tinha tratado alguém assim.

No dia seguinte ele me chamou para jantar. Eu não queria entrar em um carro azul-claro com adesivos de pesca e pedi que ele fosse até o bar na esquina da rua em que eu morava. Pedi algumas entradas e vi que ele comia como um capiau retirante. Comia feio. Falava comendo, se limpava bruta e toscamente com um guardanapo já todo sujo e mal dobrado. Cuspia um pouco enquanto falava. Metia o suco por cima da boca lotada de pão e tentava se comunicar lidando com aquela argamassa. Ria com uma risada que eu não reconhecia mais. Era como se aquela risada fosse um produto proibido de vender no mundo em que eu habitava agora. Pensei que era a risada igual a de um grupo de jovens que vi no metrô alguns dias antes. Eu tinha uns vinte e oito anos e já morava na Zona Oeste há pelo menos seis. Ele comia como quase todo mundo da minha família e não suportei ver aquilo.

Eu murchei na frente dele. Tive uma espécie de falência múltipla de tesões e só queria ir embora. Ele percebeu, segurou meu braço e disse: "Eu sei, eu não sou como você". Fiz que não entendi.

Como assim? Ele contou que ainda morava com os pais e que sua irmã, recém-divorciada, estava de volta, então ele dividia o quarto com a avó. Era uma casa pequena, meio velha, em uma ruazinha na Vila Madalena. Eu dei risada. Falei que Vila Madalena era bairro de playboy e ele ficou ofendido: "Acho que você não conhece 'as bocadas' da REAL Vila Madalena".

Fomos para a minha casa. Ele caiu da minha cama enquanto me fazia sexo oral. O barulho dele no chão. O "ai" meio Trapalhões. Era para eu ter rido, mas aquilo me irritou. Não pode cair! Pedi que ele fosse embora, mas ele disse que se recusava a ir, ele queria dormir comigo, ele queria massagear meus pés, minhas costas, me trazer um chá, ele queria ficar comigo. Falei que ele podia dormir no sofá e tranquei a porta novamente. No meio da noite escutei Gabriel usando meu banheiro. Esperei o tempo do xixi, mas ele estava demorando. Ele estava cagando no meu banheiro? Aquele homem com um carro azul-claro barato, com a pior tatuagem da história do centro expandido, que comia pão como um bárbaro faminto, estava cagando no meu banheiro. Era pra isso que eu tinha saído de onde saí?

Na manhã seguinte, vi que ele tinha deixado os lençóis e o cobertor dobrados com preciosismo. Vi também, dentro da lata do lixo, que o papel higiênico estava dobrado com esmero, um quadradinho perfeito e limpíssimo. Era o homem que cagava mais bonito que eu já tinha conhecido até então.

Em um jantar, minha amiga foi com o marido francês e tivemos que falar em inglês. Gabriel tinha exatamente o meu nível de inglês: nível ruim. Nível de pobre que nunca estudou fora ou em uma boa escola de inglês. Mas não suportei ver como ele falava, como se movia, como estava nervoso para pertencer a nós. Como ele realmente acreditava que eu não era como ele.

Naquela noite, ele brochou. Então eu ri. Eu adorei. E comecei a lhe dar ordens: quem brocha tem que me dar banho, me enxugar, enxugar o meio dos meus dedos, me pegar meias, me calçar os sapatos. E ele recuperava o pau duro o tempo todo, e eu dizia: "Não, não, não, você brochou, então agora vai ter que esperar outro dia". Dormi trancada em meu quarto, e ele, no sofá.

Um dia ele me escreveu um e-mail apaixonado. Disse que eu era uma das melhores coisas que tinham acontecido em sua vida e que ele queria que fôssemos namorados. Ele era a piada preferida entre mim e minhas amigas. Nós o chamávamos de bronco, capial, homem da vara (ele, de fato, pescava), mano, menino que divide conta de padaria e menino que dorme com a avó. Ninguém sabia que o nome dele era Gabriel.

Ele não sabia nada de livros, de filmes, nunca tinha saído do país e eu sentia vergonha dele. Eu tinha raiva da forma como ele falava absolutamente igual a todas as pessoas da minha família que continuavam morando no Tatuapé. Aquele "r" equivocado, chamando muita atenção. Mas não era caipira. Caipira tem charme. Era somente a voz da Zona Leste. E aquela voz tinha se tornado intragável pra mim. Será que eu ainda falava assim? Falava "antionte" ou "antesdonte"? Eu tinha pavor de falar assim. E sentia ainda mais asco e pavor da outra voz, a voz do dinheiro. A voz das mulheres que trabalhavam comigo nas agências de publicidade. Aquela voz nasalada, elegante, arrogante. A casah, a coisah, a vidah. A voz que valoriza as vogais porque se são vogais que saem de suas bocas de ricas, são vogais riquíssimas.

Eu disse a Gabriel que era melhor que não nos víssemos mais. Ele concordou, mas antes pediu que transássemos uma última vez. Ele deu tudo de si e quando eu estava prestes a gozar, ele parou antes. Se vestiu. E foi chamando o elevador. Disse que ia dormir na casa dele porque meu sofá era horrível. Aliás, era um sofá da Tok&Stok, ele disse: "Coisa barata". Se vingou com esmero, o homem da tatuagem de árvore. Lembro de ter ficado orgulhosa dele e ter sorrido.

# Os escritores de Perdizes

Durei pouco trabalhando como redatora publicitária. Perto dos trinta anos fiquei desestimulada e enojada o suficiente. Meu último chefe tinha uma coleção de carros importados, todos sem placa, porque ele não queria ser multado sempre que corria a duzentos por hora na Marginal Pinheiros. Uma vez chegou na garagem do prédio em que trabalhávamos e quase me atropelou. Eu reclamei e ele disse: "Desculpa, eu errei, era pra ter atropelado". E rimos, porque "ah, esse humor era muito genial". Depois passei o dia como se houvesse metade de um frango assado no meu dente. Com um incômodo e uma vergonha abissal por ter mostrado meus dentes para uma piada tão sem graça quanto misógina.

Uma vez um motorista, com o carro completamente amassado, foi até a porta da agência pedir ressarcimento pela sua quase morte. O chefe mandou a secretária lidar com isso, sem jamais sair de seu cubo transparente, instalado como um "palco design" acima de todos os andares. Todos nós tínhamos que trabalhar, todos os cento e oitenta funcionários, olhando para cima, vendo o Deus sobre a nuvem barulhenta, carregada, escura, que éramos nós. Ele acima da chuva, dos trovões, naquele lugar que o avião alcança, azulzinho, depois que todos chacoalham e se desesperam.

Com o tempo ele foi preferindo nem ter que lidar com humanos, inventou um método de aprovação de trabalho que consistia em uma pasta na rede da empresa. Ele praticamente inventou o método "não fale comigo, não se dirija a mim, jogue tudo numa pasta e vamos nos comunicar apenas pela internet". Deveria entrar na ficha técnica da invenção do Google Docs. A gente tinha que ficar entrando na pasta e muitas vezes ela estava completamente vazia. Ele deletava tudo sem dizer nada. Nada prestava. Então você entendia que você era um merda, e era ainda mais violento ser informado disso por uma pasta vazia.

Um dia olhei a arquitetura daquele lugar, aquele homem, aquelas pessoas todas que eram a minha turma. A minha "grande" amiga da época, Duda, que fazia questão, sempre que podia, de me "pôr em meu lugar". Ela me pedia coisas do tipo "vou dar uma festinha em casa, quero te chamar, mas vê lá, hein, não vai 'ser você'".

Ela gostava ou queria gostar de mim, sabia que tinha comigo, em seus momentos mais agudos de angústia, uma troca mais íntima e verdadeira, talvez rara em seu meio; ela lutava contra seu preconceito, mas eu percebia seu olhar, percebia o olhar da mãe dela, que depois conheci, através do olhar dela. Eu não era uma dama, era uma bomba-relógio que falava abertamente sobre dor de barriga, salário e sexo. Um dia ela pediu que eu tentasse almoçar sem falar sobre a comida. Sem dizer "nossa, está ótima" ou "nossa, está sem sabor". Não era educado falar sobre a comida enquanto se come.

Ela era uma mulher muito bonita, mas toda travada. A postura, os movimentos, a voz, tudo era sofridamente barrado, para dentro. Não conseguia dançar sem estar quase caindo de bêbada. Um dia tentou cantar em um karaokê e sussurrou como uma criança muito castigada que resolve rezar.

Por que durante a vida perdi tanto tempo com mulheres como Duda e, alguns anos depois, Marcela? Por que eu insistia em suportar ou conquistar essas moças?

Talvez porque eu adorasse fazer os outros rirem, incluindo ela, talvez porque vivesse me expondo ao ridículo para entreter aquelas pessoas arrogantes e altivas, lembrando-as de que éramos uns idiotas bagaceiros, eu causava uma espécie de magnetismo que a incomodava. Mas daí veio o inesquecível dia do "que caralhos enigmáticos eu estou fazendo aqui?". Eu estava ali sentada, em uma mesa que não podia ter nada além de um computador, porque era brega decorar o ambiente com qualquer objeto que lembrasse a minha existência fora daquele lugar sombrio e asqueroso, há trinta e duas horas sem banho ou uma comida que prestasse, junto com toda a equipe que também estava há trinta e duas horas sem banho e sem uma comida que prestasse, e pensei: "Meu Deus, estamos trabalhando para enriquecer um homem em um cubo transparente". Um homem que nem sequer olha na nossa cara. Que tem uma amante que trabalha ao lado da sua mulher e ambas não olham muito na nossa cara.

Então eu surtei. Levantei e fui até o cubo transparente. Levantei minha saia e mostrei minha bunda para todos os funcionários. Alguns poucos riram, mas enterrei minha vida social ali por pelo menos dois anos. Voltei para minha mesa e soltei um uivo primal para o cara que sentava ao meu lado, um homem cujo mau hálito nos lembrava a todos os instantes que era melhor sentar perto do banheiro, um cara que há dois anos me maltratava. Depois do meu grito, ele repetia: "você está louca". Você está louca. Eu estava, graças a Deus. Eu era louca.

Com o dinheiro da rescisão pude me dedicar um tempo a só escrever. Era isso o que eu queria fazer da vida. Era isso o que não pude fazer antes, porque minha mãe me disse tantas vezes que não daria certo, que eu tinha que ir atrás do dinheiro, do *money*, da grana, do pagamento, do salário. Mas agora, sem precisar trabalhar por uns quinze dias (que pelas minhas contas era o que duraria o dinheiro), comecei a escrever um livro (ruim).

Na época, o único escritor que eu conhecia, um reconhecido cronista, um cara generoso e que até hoje tem dificuldade para se livrar de gente incômoda e desenturmada, resolveu me ajudar, me apresentando a todo o seu círculo de amigos intelectuais, jornalistas e editores. E passei a frequentar sua casa. A sua namorada na época, hoje uma poeta desaplaudida, que tenta traduzir em versos cafonas seu confuso *lifestyle* "já fui uma burguesa que viajou o mundo inteiro mas hoje faço rimas com comida de boteco", tinha engulhos quando eu aparecia na soleira da porta. Sentia algo visceral contra mim. Chegava a revirar os olhos. Suas amigas do teatro eram simpáticas, mas imbuídas de um "lado muito humano", não por um interesse real em me conhecer. Ele claramente precisava arrumar briga em casa para manter um mínimo de contato comigo. Uma vez ele e a namorada inventaram uma lenda urbana: eu tinha levado de volta para casa a sobra babada dos chocolates que eu mesma tinha dado a eles de presente. Tenho saudades da minha autoestima dos trinta anos, quando tinha certeza de que incomodava apenas por atributos (eu era meio bonitinha) e não pela mais completa falta de atributos realmente importantes, como ter feito uma das escolas do Vale Encantado, ser neta de algum sociólogo de renome internacional ou ter acabado de chegar de Paris. É curioso lembrar como eu me comportava nessa época. Eu não sentia raiva, não me sentia inferiorizada e não me deixava abater pela sensação imensa de deslocamento. Eu, que vinha da publicidade, que convivia com jovens de vinte e cinco anos que pareciam ter sessenta e cinco e que já ganhavam mais dinheiro que trinta pessoas da minha família juntas, só achava todo mundo "malvestido" naquelas festas, com seus carrinhos meio merda e apartamentinhos minúsculos em Perdizes, todos lotados de plantas e livros ensebados.

Acho engraçado constatar que hoje a maioria dessas pessoas que conheci na casa do cronista me cumprimentam animadamente e não disfarçam que precisam de mim para divulgar seus projetos e lançamentos. Arrisco dizer que sentem afeto genuíno e que não se lembram de como me tratavam no passado, quando não me olhavam na cara, saíam da roda quando eu tentava puxar assunto e me observavam de longe como se eu fosse o conteúdo exposto de um saco de lixo rasgado.

Em que momento começamos a ter vergonha da nossa classe social? Só consigo lembrar quando, aos treze anos, meu pai me levou a um churrasco em Taubaté. Seu amigo de infância, Walter, comemorava os dez anos de sua empresa. Meu pai foi o caminho inteiro contando para mim e para um namoradinho que eu tinha na época, chamado Carlos, que esse amigo havia se tornado rico sem deixar de ser um homem "bom e simples", e que a festa, com banda sertaneja famosa, seria para todos. Tanto os diretores e gerentes quanto os "chão de fábrica". Era a primeira vez que eu ouvia esse termo. Chegando lá, meu pai não soube explicar com clareza que era amigo de Walter e nos encaminharam para uma fila gigante, em um campo imenso e infértil, embaixo de um sol muito forte. Era uma fila de umas cinco horas e, no final, cada pessoa ganhava um espetinho de carne fria e podia ir embora. Ficamos pelo menos uns quarenta minutos naquela fila. Eu e meu namorado de boa e meu pai mortificado. Dentro da empresa, seu amigo dava uma festa privê para trinta pessoas. Ao entender isso, meu pai entrou em desespero. Não parava de se desculpar com meu namorado e chegou a ligar para os pais de Carlos para contar do vexame e seguir com suas explicações infinitas. Eu não entendia direito o que estava acontecendo, mas ao ver a vergonha abissal de meu pai, me senti um lixo e voltei em silêncio no carro, com ódio profundo das pessoas da fila, das pessoas dentro da festa privê e, sobretudo, do meu pai.

Quando, há catorze anos, comecei a escrever uma coluna para a *Folha de S.Paulo*, um colega do jornal um dia confessou que estava cansado de me defender. Do quê? De quem? Ah, da galera. Das letras, das ciências sociais, das revistas literárias, das feiras literárias, das editoras. Mas me defender por quê? Porque você apenas apareceu lá e ninguém sabe de onde você saiu.

Entendi que eu precisava entrar na bolha desses filhos da puta. E comecei a dar festas em meu apartamento em Perdizes, finalmente um bairro aceitável, e paparicar os miseráveis, enchê-los de comida, mandar para eles, como uma donzela em perigo, minhas crônicas. Me fala o que você acha? Você que é tão foda e o maioral. Você que tem tanto a me ensinar. "Eu fiquei abismada com o seu talento no último livro, sabia?" Eu nem sequer tinha lido a porra dos livros. Não passava da página quinze. Achava grande parte das obras chatérrimas. Histórias pensadas e arquitetadas para prêmios, frases elaboradas sem fígado, tramas para fazer coceguinhas no gogó de resenhistas malas. Não era o texto de quem escreve porque não saberia fazer outra coisa com o que sente.

Mas isso eu sabia só com metade do meu funcionamento cerebral. Com a outra metade, embebida em inferioridade e com vício no deslumbramento, passei a endeusar aqueles tipos. Eu escutava "doutor em literatura comparada" ou "mestre em ciências sociais" e pronto. Eram os coitados mais interessantes e tesudos do país. Vai, me bate com esse livro do Darcy Ribeiro. Narra *Raízes do Brasil* no meu ouvido. Me vigia e me pune.

Me apaixonei completamente por um desses intelectuais, um exemplar clássico, progressista, esquerdomacho. Entramos em uma dinâmica estranhíssima. Eu tinha um tesão imenso quando almoçávamos e eu lhe mostrava a crônica que pretendia enviar naquele dia para o jornal. Ele lia balançando a cabeça e enumerando tudo o que estava errado, de erros de ortografia a parágrafos em que eu poderia soar isso ou aquilo. E ele tirava a caneta vermelha de uma pastinha e canetava tudo. Com gosto. E aquilo era terrivelmente prazeroso para mim. Quanto mais sangrava o papel, mais o amava. Tinha dias que ele vinha para a minha casa recém-saído do judô. Suado. Meio fedendo. Chegava arrogante, dizendo que eu estava lendo o livro errado, que eu estava ouvindo a música errada. Eu só pensava: "Como pode tanta autoestima em um cara meio feioso e fedorento?". Um dia ele cismou que eu estava sem sobrancelhas, disse que minhas sobrancelhas tinham sumido. Que eu fosse atrás delas. Daí foi demais pra mim. Me humilhar com Pierre Bourdieu fazia parte do fetiche, mas se meter com minhas sobrancelhas era inaceitável. Terminamos.

Meus novos amigos intelectuais bem-nascidos diziam que era horrível e nojento o dinheiro da propaganda. Um deles veio até o apartamento que eu tinha comprado, fazendo frilas de publicidade, e perguntou: "Onde está a biblioteca?". Levei-o até minha pequena estante da época, um montante suficiente para humilhar meus amigos do marketing. O editor levou a mão à faringe, eu havia provocado um refluxo gástrico nele: "Pouco, muito pouco". Nunca esqueci essa cena e hoje tenho uns quatro cômodos com livros até o teto. Nem se eu tivesse dez vidas daria pra ler metade deles.

Há pouco tempo eu ainda lidava com acadêmicos que acreditavam poder me ajudar, apontando onde meu trabalho poderia correr o risco de soar brega e inferior. Até que um dia um deles teve acesso a um relatório do jornal em que escrevo e comemorou: "Esquece, manda todo mundo à merda, você é a cronista que mais converte assinaturas pro jornal".

Uma das cenas mais patéticas: eu sentada em uma mesa com amigos escritores, rindo, enfim com pessoas que finalmente tinham a ver comigo, amigos da maturidade, quando de repente uma mão toca meu ombro. Um autor conhecido daquele grupo, um cara com quem simpatizo, mas que embriagado pode exalar aquele tipo de condescendência machista, sussurra em meu ouvido, protegendo seus lábios para que ninguém enxergasse o que dizia, deixando vir à tona, sem qualquer constrangimento, a crença de que se considera um dos maiores cânones literários do país: "Não fala para ninguém, mas eu te acho uma boa escritora".

NÃO FALA PARA NINGUÉM. Quero entender o que está acontecendo. Por que ele cobre a boca, por que me elogia em segredo? "Algumas pessoas não gostam de você." Bem, algumas pessoas também não gostam dele. E não gostam de outros que não gostam de outros. E por que não gostam? Ou por que você está me contando isso? "Eles acham que você faz coisa demais, escritor de verdade é aquele que só escreve livros." Eu comecei a rir. Do que vive no Brasil, sem ser herdeiro, uma pessoa que só escreve livros?

Em algum momento, não sei se por interesse real ou para fazer bonito para os outros, decido fazer um mestrado e antes passo a frequentar, como ouvinte, algumas aulas na USP e outras na PUC. As aulas de literatura não existem sem a psicanálise e as de psicanálise não avançam sem a filosofia. Tudo bem, eu dou conta. Esse era meu mundo. Eu passaria a vida nesses corredores, lendo, estudando, mas quanto mais avançava nas aulas, mais concluía que na minha idade, para me tornar acadêmica eu teria que já ser uma acadêmica. Não vai dar mais tempo de ler tudo o que preciso para entender minimamente aquelas aulas.

Eu já sustentava a minha casa, a da minha mãe e a do meu pai. Não poderia me dar ao luxo de passar uma tarde lendo Deleuze. Mas teria que aturar os olhares de alguns poucos herdeiros que puderam estudá-lo a fundo, talvez por terem se mantido por muitos anos com o dinheiro da família. E eu tinha decidido há muito tempo que não me daria ao luxo de viver sem luxos. Ele era importante pra mim. Minha mãe me disse mais a frase "tem que ganhar dinheiro" do que qualquer outra com a palavra amor. Eu transformei todas as minhas anotações do quase mestrado em cursos rentáveis. E comecei a ganhar dinheiro com o que tinha conseguido aprender e ler nesse período.

Uma hora consegui enfileirar os tipos paulistanos com algum dinheiro à minha frente. E começar a entender a fundo quem eram. Tinha a elite que gerava o herdeiro playboy. Tinha a elite intelectual que gerava o herdeiro intelectual. Tinha o *self-made* playboy. E tinha o *self-made* intelectual. Sendo o *self-made* intelectual, para mim, o ápice extremo da cadeia alimentar. E o herdeiro playboy, a última opção do cardápio do amor. Ah, mas havia também o escritor homem branco hétero alcoolizado em mesa de boteco tampando a boca para me dizer verdades. Não podemos esquecer desse.

# Pratos Vista Alegre

Quando me mudei para Higienópolis, minha mãe me deu dois presentes: um enorme vaso de murano e uma coleção de pratos Vista Alegre. Disse que seria impossível pertencer àquela nova realidade sem esses objetos.

Fui trocar o vaso e descobri que com o mesmo valor eu poderia adquirir na loja uns vinte itens desnecessários para minha casa. Minha mãe me disse que ter vinte objetos meio baratos era coisa de pobre. Rico tinha uma coisa única e cara. Mas o que eu faria com um imenso vaso de murano? Minha mãe quis saber então o que eu faria com vinte coisas das quais não precisava. Argumentei que eu também não precisava de um vaso de murano. Ela então respondeu: "Você que pensa que não precisa, isso vai mudar".

Ao me visitar em Higienópolis, minha mãe reparou que eu ainda estava do lado mais barato do bairro. O legal era depois da avenida Angélica, e não antes dela. Argumentei que para quem vinha do outro lado da Angélica eu morava exatamente depois da Angélica.

Estava perto do Natal e resolvi dar um almoço em casa. Exibi minha coleção de pratos Vista Alegre e uma amiga, com um casaco imenso, levantou da mesa para cumprimentar um casal e lançou um dos pratos para longe, quebrando-o ao meio. Comecei a chorar e a rir, "eu choro à toa, não liguem!". A amiga me abraçou "é só um prato".

Não era o prato. Eu estava chorando porque quando vem a pontada intensa de amor pela minha mãe, o raio do amor absoluto e infinito, a descarga elétrica do amor mais intenso, eu choro. O prato quebrado me lembrou de como eu amava a minha mãe e minha vida seria insuportável quando ela morresse. Como eu veria para sempre aqueles pratos em minha casa, depois que ela morresse, e me sentiria impelida, pelo menos em alguma porcentagem eterna que me perseguiria eternamente, a ser feliz.

Como eu amava minha mãe comigo no banco em 2004, quando resolvi pedir um financiamento para comprar meu primeiro apartamento. Ela estava nervosíssima, impaciente, como sempre fica quando o assunto é dinheiro. O apartamento tinha trinta e nove metros quadrados e ficava na Pompeia — um dos clássicos bairros procurados pelos recém-chegados da Zona Leste. Ela perguntava dezenas de vezes aos gerentes da agência bancária os detalhes do empréstimo, desconfiava de tudo, dizia: "Vocês estão me enrolando, vocês estão enrolando minha filha". Pedia para chamar outro gerente, depois outro. E pedia para explicar tudo de novo. Sempre achando que estávamos sendo roubadas, enganadas. Dizendo, para aquelas pessoas todas, que só estavam ali fazendo seu trabalho, que ela sabia bem que não estavam fazendo do melhor jeito e que apesar de mulheres, e mulheres que pediam um empréstimo de pouco valor, nós não seríamos roubadas.

Em determinado momento puxei minha mãe de lado. Falei: "Mãe, por Deus, de onde vem essa nossa mania de perseguição? Esse pavor que temos de perder dinheiro? Estou com vergonha da gente". Os gerentes do banco se entreolhavam, só queriam que fôssemos embora. Minha mãe segurou firme minha mão e disse: "Você não sabe de nada. Você nasceu e já tinha dez sapatos. No inverno, para esquentar meus pés, minha mãe punha jornal dentro do meu único sapato. Você nasceu rica, mimada, não sabe de nada. Eu tive que sair da escola para ser atendente numa loja de sapatos e nem assim podia comprar sapatos, fica quieta e deixa comigo". Em determinado momento, um dos gerentes que veio lá de dentro, talvez o chefe dos outros, disse que era melhor minha mãe pensar um pouco, já que claramente não queria o dinheiro. Nesse momento ela lamentou, balançou a cabeça, e me disse baixinho: "Vai, assina essa merda, mesmo esse cara sendo um grande filho da puta enganador de mulher e de pobre".

Mas era preciso não chorar mais pelo prato quebrado. Até porque ninguém ali estava entendendo nada. Então avisei que era chegada a hora. Passo o ano inteiro ganhando vibradores de todas as marcas e cores e tipos. Vibrador que suga clitóris enquanto penetra, vibrador que vibra no cu enquanto penetra na frente, vibrador que só penetra, vibrador que só suga, vibrador de cu. Separo todos numa caixa e planejo presentear meus amigos como fiz nas festas de Natal dos anos anteriores: quem se apresentar, em uma espécie de show de talentos, ganha um vibrador.

Estão todos semialcoolizados e eu me divirto tanto que minha enxaqueca sara sem que eu precise aplicar umas das injeções que guardo na geladeira.

Rosa canta uma música que escreveu na adolescência e que faz uma ode ao pau duro. Ganha vibrador. Virgínia abre espacate apesar de grávida de sete meses. Ganha vibrador. Flávia imita uma dessas pedintes de condução, diz que podia estar roubando, podia estar matando, mas está pedindo um vibrador porque depois que os gêmeos nasceram seu marido não a come mais como antes. Rosa e Virgínia me olham torto, como se aquela apresentação não merecesse prêmio, mas Flávia também ganha um vibrador.

De repente Grazi, minha amiga marxista, fica de pé e diz que não quer vibrador, mas quer aproveitar que estão todos atentos "ao número que ela faria" para justamente nos dar a chave do Pix da arrecadação de dinheiro para os dois meninos presos que lutaram contra a privatização da Sabesp. Diz que eles passam fome, sede, apanham e correm risco de vida.

Somos doze pessoas brancas com imensos paus roxos na mão e entendemos que precisamos imediatamente guardar nossos paus brochados e indigestos de volta na caixa. Grazi passa a chave do Pix que fingimos anotar (depois eu, culpada, peço de novo e deposito cento e cinquenta reais) e diz que está na hora de ir embora.

A festa acabou e algumas pessoas me ajudam a lavar a louça Vista Alegre e a posicionar as cadeiras e os móveis no lugar. Um amigo está deprimido, olhando pela janela, quando não suporta mais o silêncio e solta: "A 'dois meninos presos' fodeu com nosso Natal". Não queremos rir, mas pela primeira vez, desde que fingimos anotar o Pix dos meninos presos, sentimos que a festa, ainda na UTI, tem chances de sobreviver.

Entro em nosso grupo de WhatsApp, que até então se chamava "Almoço de Natal Melhores Amigos da Tati", e mudo o nome para "Almoço de Natal Melhores Amigos da Tati Dois Meninos Presos".

Em todo evento na minha casa tem sempre um desgraçado que simplesmente não vai embora e larga seu corpo no sofá, me ordenando água e restos de comida. A amiga da vez era Tereza, outra militante fervorosa de toda e qualquer pauta da esquerda. A profissão dela era bastante comum a pessoas ricas e influentes de São Paulo: ela dava jantares. Ela botava em uma mesma mesa escritores, lideranças do MTST, peruas "arrependidas depois de um curso na Casa do Saber em que pensaram bem e decidiram se tornar a favor da democracia" e advogados (ex-lava-jatistas) que poderiam ajudar no debate pela frente ampla.

Lembro de quando, imersa em uma alegria descomunal, Tereza me mostrou a foto da certidão de nascimento do seu filho

Bernardo com a palavra "pardo" escrita. Ela e o marido branquíssimos, mas a criança nasceu parda.

O avô paterno era filho de preto. Fotos do bisavô preto começaram a aparecer em todas as redes sociais do casal. "Este é o sr. Dário. Homem de poucas palavras, de vida muito difícil, mas de olhar muito doce." E o olhar do sr. Dário cheio de ódio. Acho que o sr. Dário sabia que mais de cem anos depois daquela foto um casalzinho de brancos defensores dos comerciais ESG usaria a vida dura dele para posar de *white saviors* no Instagram. "Nosso Bernardo não é a cara de sr. Dário?"

Bernardinho com uma bata que parece vestido. Agora, quando usassem a palavra "ancestralidade" em uma reunião, ela poderia ter lugar de fala. Rico progressista emocionado é mais chato do que pobre bipolar em mania.

Tereza também via espíritos e certa feita voltou péssima de sua casa em um condomínio de bolsonaristas em Maresias. No dia em que a chuva fez desabar um morro na Barra do Sahy e centenas de pessoas perderam suas casas, e algumas dezenas, suas vidas, Tereza perdeu o sono. É que alguns dos mortos, ainda sem saber para onde ir, foram para o seu quarto e ela entendeu "a mensagem": na manhã seguinte doou alguns pijamas furados e umas toalhas puídas.

Tereza vivia colada na babá Samuela (que ela e o marido chamavam de Salmonela porque a moça vivia passando mal, sendo que ela tinha saúde frágil porque não folgar aos finais de semana durante nove anos deixa qualquer ser humano doente).

Tereza e o marido escolheram para Bernardo a escola com aulas de cinema, música, arte, literatura, culinária, dança. Não escolheram a escola que cobra 15 mil reais e que tem como missão preparar bebês de dois anos para serem futuros CEOs de multinacionais. Eram bons, legais demais, pessoas ótimas.

Escolheram a escola que forma artistas progressistas de esquerda que tomam vacina e votam em partidos de ideias sociais

— mesmo os que votam sem muita alegria nos olhos —, e não a instituição trituradora de alminhas que forma gente para o mercado financeiro ou para falar "nossa, Dubai é linda".

Juntas, conversávamos muito tentando descobrir o que exatamente faltava em nossas vidas. Talvez mais bioestimulante de colágeno nas têmporas para não ter que preencher o bigode chinês. Talvez mais cúrcuma ou vitamina B12. Talvez um amante, eu sempre pensava.

Até que Tereza entendeu o que faltava na vida dela. Como poderiam seguir com seus cotidianos progressistas e esquerdistas e consumistas e esteticistas e estetas e estéticas se a vida não lhes tinha ofertado a magia, a graça e a malemolência de ter uma criança refugiada na classe de Bernardo?

O ano acima da série de Bernardo tinha uma coisa que eles não tinham: uma criança venezuelana pra chamar de sua. Para convidar pra tomar lanche em casa. Para pôr na foto na hora dos parabéns.

Fizeram grupo de WhatsApp, abaixo-assinado, até página em redes sociais. Conseguiram uma criança síria com a qual desfilavam pra cima e pra baixo. Bernardo não gostava dele, mas os pais insistiam, acho até que levaram Bernardo pra terapia: tem que gostar do menino sírio e fim de papo.

Na última festa de Tereza, em sua cobertura em Pinheiros, ela contratou uma banda de pagode que ficou do lado de fora, tocando no frio, enquanto a gente se protegia dentro da casa, com mantinhas nos joelhos.

Minha mãe sempre me disse que em festa de rico não tem comida: "Coma sempre antes de sair de casa". Ela não estava errada. Encomendaram um serviço de comida árabe, mas esqueceram de noventa e sete por cento do cardápio do restaurante. Tinha esfiha de carne fria, um homus já aguado e uma salada depenada.

Tenho aflição de casa que não esbanja pequenices tolas de viagens ou uma almofada puída com cheiro de sebo de cabeça. A decoração dessa cobertura tinha cara de arquiteto contratado, e não de gosto pessoal.

Estou com aquele meu sorriso de canto de boca. Sou um sujeito que disfarça o não pertencimento com olhares de deboche. Não que o deboche seja somente um recurso rebaixado. Eu realmente queria rir de todos eles. Pessoas que sempre DESCOBREM uma coxinha em um boteco do Belenzinho e acham que estão fazendo uma expedição ousadíssima pelo Brasil profundo. Encontro no pagode chique de Tereza um ex-namorado chamado Augusto. Na hora em que nos abraçamos o pau dele fica meio duro. Bem nessa hora, ele me pergunta como vai meu pai. As pessoas são muito estranhas. No rápido namoro que tivemos, ele foi comigo à casa do meu pai, na Vila Carrão. No meio da Radial Leste, ele olhou assustado para mim, como se dissesse "o que está acontecendo?". Os carros buzinavam sem parar, não davam passagem, um motorista cortava o outro. Todos violentos, impacientes. "O que está acontecendo?" Eu só ria. É assim que as pessoas dirigem aqui. Quase batemos o carro três vezes e em dez minutos ele foi mandado tomar no meio do olho do cu mais vezes do que foi a vida inteira.

Augusto estava assustado, mas, psolista, não podia dar o braço a torcer. Perguntou o que meu pai fazia. Era representante comercial, vendedor, nunca entendi direito, hoje em dia já é aposentado. Quis saber o que meus tios faziam. Eu pensei, pensei, e resolvi explicar como sempre explicaram pra mim: fazem rolo. Mais da metade da minha família trabalhava no mercado do rolo. O que faziam eu não sabia exatamente, mas eu escutava o tempo todo que tinham vendido um carro de não sei quem. Tinham vendido uma bicicleta de não sei quem. Tinham comprado um galpão baratinho e agora alugavam mais caro. Tinham emprestado um dinheiro pra não sei quem e agora precisavam dos cheques.

Augusto me observava com os olhos interessados e um meio sorriso de quem levemente se atrai pelo crime (mas apenas como espectador de séries e documentários criminais): "Isso de emprestar um dinheiro e ir pegar cheques é agiotagem, não é?". Devia ser, não me importa mais. Eu saí daqui, não tenho mais nada a ver com esse lugar. A gente dá um beijo no meu pai, conversa um pouco e vaza daqui.

Sempre é meu pai que vem me ver. Almoçamos, brigamos por causa de política, faço uma imensa sacola com comida para ele levar. Dou perfumes, cremes. Ele sempre chega impecavelmente bem-vestido, usando as roupas que eu compro. Quando insisto para visitá-lo, meu pai sempre dá um jeito de desmarcar: "É longe, é perigoso, minha casa é feia, tá bagunçada, preciso lavar o quintal, não venha, prometa pra mim que não vem, eu vou até aí amanhã".

Na entrada da casa do meu pai tem uma árvore seca. Pendurados nela, um urso verde-água sem um dos olhos, um cachorro feito de bolas de gude e uma casinha de madeira pintada a mão, lembrança de Ouro Preto (para onde meu pai nunca foi e nem conhece ninguém que foi). Pergunto o que são aquelas coisas, ele diz que as encontrou por aí (temo demais que tenha sido no lixo de algum vizinho).

A casa do meu pai tem cachorros, gatos, e por causa da catarata de um dos olhos, ele não viu uma pequena poça de xixi próxima a nós. Augusto pedia o tempo todo para lavar as mãos.

A precariedade da casa sempre acaba com meu dia. Na última vez que estive lá, fiquei tão aflita com uma decoração que ele fez colando discos e CDs na parede que o levei até uma farmácia grande e falei: "Compre absolutamente tudo o que quiser". Gastei 3 mil reais em duas horas. Até água termal da Vichy e base corretiva com cor para suas olheiras nós compramos.

Eu lhe dei bons itens: cama, sofá, geladeira, fogão. Pago todas as contas. Insisto para que ele venha morar mais perto de mim.

Mas ele repete, há anos, que prefere morrer a abandonar aquela casa caindo aos pedaços e o bairro em que mora desde que chegou de Caçapava, há setenta anos. Faço supermercado, compro roupas de cama, toalhas. Mas são objetos deslocados, incluídos como visitantes soberbos em um cenário que parece hostilizá-los. Era como se a sua antiga poltrona puída, vagabunda, olhasse as almofadas que eu tinha comprado e dissesse: "Tem certeza de que este é o seu lugar?".

Ele mostra orgulhoso para Augusto seu esquema de segurança: instalou uma câmera em todos os cantos do quintal e assistia a vizinhança por um computador em cima de uma pequena mesa na cozinha.

Augusto olhou atenciosamente o copo antes de beber a água. Pedimos comida pelo iFood, mas a comida não chegou. "Aqui as coisas não funcionam muito bem", meu pai explicou.

Na volta, Augusto corria com o carro. Era preciso sair logo dali. Até que ele começou a dirigir lentamente e me encarou com aquele brilho idiota dos herdeiros abobados: "Vamos fazer algo muito divertido e diferente e escolher um boteco aqui para almoçar e 'ver como é'". Eu vi como é por vinte anos, seu idiota.

Anos depois, encontro Augusto na festa na cobertura. E logo depois de ele me abraçar e ficar de pau duro e perguntar sobre meu pai, ele diz a frase que sempre me bota em estado de horror: "Consegue ler as dez primeiras páginas do meu livro e ser muito honesta?".

Augusto veste um paletozinho aveludado, talvez isso seja blazer, não sei. Ele segura com firmeza e carinho meu antebraço e pede: "Mas preciso que você seja muito honesta, tá?". Eu sempre sou muito honesta e, por isso, esses elegantes senhores da elite intelectual sempre dão um jeito de ir embora da minha vida.

Gosto dele, é um homem engraçado, sensível e inteligente. Teve uma infância e juventude cheia de bons livros, filmes, viagens, shows. E o que ele fez com isso? Ele tirou algumas fotos, que dormem ao lado dele, em um baú perto da sua cama.

Mas Augusto é mais um homem cultíssimo que quer ser escritor e não tem nenhum talento para isso. Tenho vontade de dar uma cotovelada no olho dele. Por favor, tente fazer outra coisa da vida. Você já tem quarenta e quatro anos e ainda quer ser escritor? Você tenta desde os dezoito e nunca escreveu nada que preste. Pela casa de seus pais passaram pessoas como Chico Buarque, Michel Foucault e Clarice Lispector. Você fez direito na USP, depois estudou literatura em Columbia e, por fim, passou alguns meses aprendendo história da arte em Uffizi. Então, de posse de todas as suas referências e vivências maravilhosas, você senta em frente a uma página em branco e comete parágrafos e mais parágrafos de desgraça literária.

Nunca vou esquecer quando ainda namorávamos e Augusto achou uma foto sua de 1995, na Broadway. Ele tinha acabado de ver *Les Misérables* e estava tão emocionado que fez um autorretrato chororô, com as luzes coloridas desenhando uma espécie de aura arco-íris em torno do promissor poeta. Ao chegar em casa fui ver o que exatamente eu estava fazendo naquela data de 22 de março de 1995. Guardo todos os meus diários (comecei a escrevê-los aos oito anos e só parei aos trinta). Essa foi a data exata em que minha mãe desconfiou que seu então namorado não havia aplicado o dinheiro dela, conforme combinado, e sim a roubado. Ela me enfiou no carro e dirigiu até uma concessionária de carros usados que ficava na avenida Celso Garcia. Ao chegar lá, ela pulou em cima do homem, dando-lhe tapas no rosto e murros no peito. E então ela, pequena e descabelada, começou a tentar enforcá-lo. Eu fiquei sentada ali perto, acho que estava rindo.

Queria desfilar essa calma escandalosa dos herdeiros. Sentam tão em paz. Levantam tão elegantes. Tentam uma vida inteira ser coisas que não levam o menor talento para ser. Eu passaria um dia inteiro os assistindo se fosse uma velha decrépita observando um aquário.

Tirando doenças autoimunes, humor macabro, lombar torta, alergias e problemas psiquiátricos, nada que é meu foi herdado. Mas hoje me sento semanalmente com os herdeiros. Talvez ganhe mais dinheiro que alguns, mas jamais serei bem-nascida. Jamais segurarei os talheres como eles, cruzarei as pernas como eles, jamais terei o sotaque que abandona a frase, como dizem que os bons atores devem fazer, o sotaque que coloca a letra "h" depois de todas as vogais, no começo, no meio ou ao fim de qualquer frase, e então eles jogam a palavra, abandonam a frase, como se nada fosse, "falei mas podia nem ter falado, porque já pertenço só por ter nascido, não preciso provar nada", e tudo isso com aquele olhar de "*I don't care*".

Mas voltando à festa na cobertura, com banda de pagode, na casa cuja decoração lembrava o corpo da Barbie sem buceta, começo a fantasiar que preferia conhecer o bisavô dessas pessoas (os poucos que não foram escravagistas). Talvez eu tivesse algo a conversar com o imigrante pobre que venceu e que foi, mesmo depois de morto, extorquido pelos filhos e netos. Mas agora eles começaram a falar em francês e eu não sei nem inglês direito. Aceito mais um gaspacho orgânico com torradinhas.

Eu queria ter feito as escolas que eles fizeram? Por isso odeio a voz de escola de rico que todos têm, como um dialeto? O acento afrescalhado nas vogais. Será que queria ter estudado nos Estados Unidos como todos eles? Eu estava com a minha mãe, em um galpão de carros usados, a ajudando a enforcar seu namorado.

Sou uma das pessoas com mantinhas nos joelhos, reclamando que o pagode na varanda da cobertura de Tereza está alto demais. Estou sentada ao lado de Augusto, o ex-namorado que tenta ser escritor e fica de pau duro quando me abraça e pergunta sobre meu pai. Augusto é um tipo que vive preocupadíssimo com causas sociais. E aqui não estou sendo irônica: ele realmente se preocupa. Na semana seguinte ao pagode ele oferece em sua casa, outra cobertura em Pinheiros, um jantar para apresentar um candidato a deputado, um homem negro da periferia, a toda a elite intelectual que o cerca.

Pense na seguinte cena: cinquenta brancos de esquerda em volta de um homem preto. Nosso brigadeirinho ensolarado. Nossa ovelha a ser ungida e santificada. Nosso contratado para um show diferente, um show que a plateia daria, um show chamado "vejam como a gente se preocupa".

Quem mais era negro na casa? As pessoas que nos serviam. O que boa parte dos alcoolizados sexuais queria com aquele encontro? Que o deputado parasse de falar para que a festinha começasse. A princípio o encontro seria em uma escola na Vila Medeiros. Mas imagina se esses brancos com consciência social iriam para Vila Medeiros em uma sexta-feira chuvosa. Mudamos o encontro para o apartamento em Higienópolis. Duas conhecidas fizeram até hidratação no cabelo. Chuva de fotos com Zélia Duncan e Casagrande.

# Herança

Meu pai brinca que não vai me deixar nenhuma herança além de uma perna maior que a outra e uma boca amarga quando passamos nervoso. Tantos pais puderam deixar imóveis, carros, dinheiro. Ele vai me deixar a frouxidão ligamentar, os problemas psiquiátricos e os olhos meio caídos, de peixe morto. Em um período que deve ter durado dos meus sete aos onze anos, o meu pai me levou quase todo domingo a uma espécie de parque nos fundos da fábrica da Philco-Hitachi, onde minha mãe trabalhava. Só funcionários podiam entrar e os funcionários não estavam muito preocupados com essa vantagem. Era um lugar grande, arborizado, somente para mim e meu pai. Ele montava um cenário com cadeiras, mesa, copos, flores, plantas, brinquedos, ligava a câmera e falava "ação". Era meu programa de culinária, de entrevista, de mágica, de maquiagem e eu tinha como assistente de palco uma senhora muito maquiada, com flores na cabeça, que era justamente o meu pai.

Perdidas pelo tal parque, algumas placas exibiam o nome "Matarazzo" e meu pai contava que eram pessoas riquíssimas e que, provavelmente, aquele lugar já tinha sido o quintal de uma das muitas casas deles. Então a gente brincava de fazer pose ao lado das placas, como se fôssemos os tais Matarazzo.

Antes de dormir, meu pai preferia que eu inventasse as histórias com ele, em vez de lermos livros com o enredo já pronto. Criamos roteiros inteiros imaginando a rotina de todos os vizinhos do prédio em que eu vivia com a minha mãe. Algumas histórias eram de terror, então quando eu encontrava os moradores no elevador, ficava apavorada, sem saber o que era mesmo a realidade.

A primeira vez que viajei sozinha com meu pai, depois do divórcio dele com a minha mãe, fomos para um hotel-fazenda chamado Vale do Sol. Ficamos no quarto número 15, do dia 15 ao 30, e almoçávamos na mesa número 3. A viagem deu certo e no ano seguinte ele alugou o mesmo chalé, na mesma data, e almoçamos na mesma mesa. No ano seguinte, fez tudo igual. E por pelo menos sete anos repetimos exatamente a mesma viagem.

Minha mãe tem o senso de humor igual ao meu. É a única pessoa com a qual eu tenho aqueles ataques de riso que o peito começa a chiar e a gente teme fazer xixi nas calças. Encontrei isso em mais outras cinco pessoas pelo mundo. Com uma delas fui casada por dez anos e espero ansiosamente pelo dia em que eu possa falar sobre isso, ou sequer pensar nisso, sem começar a chorar imediatamente. Procuro minha mãe em todas as pessoas, o tempo todo.

A família da minha mãe ria o tempo todo, o dia inteiro. Minha avó era desbocada, falava palavrões, arrumava briga na feira, ficava tão nervosa para sair de casa que começava a ter diarreias uma semana antes. Meu avô acreditava que aquecendo nossas meias atrás da televisão nunca teríamos gripe e, quando eu tinha cinco anos, decidiu que iria me alfabetizar, sozinho, durante as minhas férias e usando uma cartilha chamada Caminho Suave. Ele queria me preparar porque eu estava saindo de uma pequena escola de bairro e indo para uma grande. Ele não queria que eu sofresse.

Meus avós brigavam sem parar, esse era o sexo deles, a libido estava em provocar, explodir. Se amavam muito, chamavam-se de Chico e Chica e rezavam para não ter que lidar com a morte do outro. Pediam sempre para ir embora antes e morreram com uma diferença de nove meses um do outro.

Minha avó tinha ciúmes de mim com o meu avô, porque ele escondia as melhores comidas da casa para mim. Ele me entuchava comida o dia inteiro e eu continuava magra, esquelética. Ela passou a me chamar de Caganita, quando eu tinha uns sete anos, porque era motivo de celebração pelas ruas quando eu finalmente conseguia defecar. Quanto mais tempo eu ficava sem ir ao banheiro, mais ela me chamava de Caganita. Mas ao fim do dia acendia umas velas para Santa Rita, pedindo para que eu pudesse resolver minhas questões intestinais.

Não existe nada hoje mais importante para mim do que escrever. Escrever me deu absolutamente tudo o que eu tenho e o que eu sou. Escrever sobre minha família. E escrever sobre todo o resto, com os olhos dados pela minha família. Essa é a minha herança.

Rafael me chama para uma exposição pequena, num espaço na Vila Madalena. Ele tem estado muito nervoso, com aquele hálito um pouco metálico, mas eu sinto tanto desejo, tanto tesão, tanto amor, que chuparia eternamente sua língua cabo de guarda-chuva. Não me importo. Mas penso que meu cinismo já começou a operar, contra a minha vontade (quero ser boa moça para não perder o bom moço): ele está com hálito metálico porque parece um robô? Em breve começarei a desgostar dele?

Ele está sempre me dizendo como adora a própria companhia, ficar sozinho consigo mesmo. Ele está a ponto de explodir por não suportar quem ainda não se tornou. Ele anda com as mãos no bolso, as pernas firmes, a linha mais reta que já vi. Seguro.

Um raio, uma flecha, um disparo sem sinuosidade alguma. Rápido para não cair na sua confusão mental. A calça impecável para seu desenho. A camisa impecável para seu desenho. A costureira contratada para que nada sobre ou sobressaia, saia da ordem. E eu precisando ser mais educada, refilada, espiritualizada. Ao chegar na exposição, os quadros são horríveis, mas lá está o mesmo grupinho de sempre, os mesmos progressistas de sempre. Os amigos de escola, de festas, de grupos formados em torno de gostos e passados amorosos. Os mesmos que encontramos sempre. Uma amiga conta, gargalhando, que estava meio chapada de maconha quando tentou dar um remédio para o filho e acabou dando a medicação vencida há três anos. O filho vomita e ela não sabe se é da febre ou do remédio vencido. Eles conversam com sorrisos, "isso acontece". Penso que há três dias ele me olhou como se eu precisasse ser presa porque deixei minha filha jantar no sofá, vendo televisão. Qual a nota de corte para mim e qual a dos seus amigos?

A maneira como ele fica feliz quando está dissolvido entre seus amigos me desespera: onde ele foi parar? Como formar uma dupla com uma pessoa que é tanta gente? Dentro de mim algo grita: "Não dá mais, larga ele ou faça de tudo para que ele te largue". Então me torno crítica, grossa, entediada, insuportável. Faço isso para que ele desista, porque sei que eu jamais iria embora. Como largar a pessoa que representa a chegada, o sonho, o lugar? Mas como ficar com tudo isso se, de perto, é tudo mentira?

Por que passei parte dos meus vinte anos tentando conquistar amigos como a garota esnobe da agência, que me pedia para não ser eu mesma nos eventos em sua casa? Por que passei meus trinta anos flertando com publicitários *self-made* que eram culturalmente indigentes? E por que cheguei aos quarenta querendo formar meu núcleo forte, minha família, com homens da elite intelectual que antes já fizeram parcerias invioláveis com seus conhecidos meios e sobrenomes?

Os amigos donos de galerias, que não são artistas. Os amigos donos de editoras e livrarias, que não escrevem. Os herdeiros sem dinheiro para comer em um restaurante um pouco melhor.

Eu sinto que, de certa forma, meu parceiro desfila comigo, me entrega em oferenda a essas pessoas que me olham com certo respeito. Eu me tornei o cara com quem eu desfilaria? Automaticamente me lembro de Marcela, a tal pior amiga que já tive. Educadíssima. Sentava reta, comia bonito, falava pausadamente. Então ela falava, baixinho, educadíssima: "Sua casa é tão pequena que fico me perguntando se você tem talheres". Depois dizia, baixinho: "Sentei com tanta força no pau dele que o pau dele quebrou e fomos para o hospital, sabia que pau quebra?".

Ali, na exposição, ele é feliz, solto, muda o andar, o movimento dos braços. Diluído, dissolvido. Automaticamente eu paro de sentir atração por meu namorado e começo a procurar por qualquer homem estranho que esteja escondido em algum canto, atormentado com o que quer que seja, cagado da cabeça, com um ranço de pobreza no sebo da nuca. Não desejo mais meu namorado? Queria que ele fosse mais individualizado, soubesse quem é sem precisar estar inserido em algo. Todos ali são filhos de, netos de, sobrinhos de, primos de. E se conhecem de, frequentam a, viajaram muito para. Quem são eles sem as suas preposições?

É aviltante a felicidade desse bando que se conhece desde a adolescência enquanto eu tento, a cada segundo do meu dia, há tantos infinitos anos, ser tudo que me separa, me diferencia e me catapulta de onde eu vim. Então eu odeio o conforto que enxergo nas ancas daquelas pessoas. Como se estivessem sempre sentados em suas origens e eu desesperada por cadeiras.

Começa o papo sobre a beleza das cabaninhas empoeiradas e sem luz que ficam lá depois da putaqueopariu. Eu sempre fico louca quando esse papo começa e toda vez é isso. A parte mais abobada da elite intelectual paulistana tem adoração pelo filme *Na natureza selvagem*, aquela idiotice sobre um imbecil que acredita estar mesmo deixando uma palavra de luta e fé a todos os jovens quando diz não à grana do papai e vai morrer envenenado no meio do mato. Pois que dissesse não e fosse fazer algo útil da sua vida em vez de morrer feito um animal abatido (nem a natureza o quis). Já reparou como o rico revolucionário da ayahuasca e o empresário DJ são a mesma pessoa? Eu demorei tanto pra alcançar a impecabilidade do meu lar. O colchão perfeito, a banheira com hidromassagem para a minha dor na lombar, a televisão enorme. Mas andando pela minha casa, às vezes me vejo como alguém que, coitada, tentou demais sentir que está à vontade, mas jamais saberá, com a graça e a entrega deles, parecer um ser humano ou mesmo fazer o cosplay de selvagem.

Me sinto profundamente suburbana e ignorante porque não tenho a malemolência dos meus amigos da elite intelectual ao lidar, nos feriados prolongados, com uns muquifos em que tentam sempre me enfiar. Casas com chuveiros elétricos que pifam em três minutos, a cama destruidora de coluna e picadas de variados insetos (incluindo o pavor que tenho de carrapatos). Não tem nada que me faça sentir mais pobre do que a minha incapacidade motora para atravessar cachoeiras e o medo que tenho de que minha filha enfie alguma frutinha venenosa na boca. Vou feito uma leoa atrás dela, vigiando se pisa em formigueiro ou come um cogumelo. Riem de mim: "Deixa ela viver, deixa ela livre, que maluca você é". Os ricos são mais selvagens, mais amigos da natureza, seus corpos não desmontam em pousadas de cem reais a diária, carrapatos morrem ao chupar seus sangues azuis, nadam com uma suavidade que meu corpo não adquire nem em sono profundo. O que é dado à elite na infância que os prepara tão melhor para serem corpos livres e confiantes? Em São Paulo, ser bicho do mato me parece um curso dado somente em escolas caras.

Tenho gostado cada vez mais de sair da cidade, sobretudo para o campo, e conheço opções muito dignas para viver esses momentos. Mas por que minha busca por conforto é sempre apontada e a precariedade é algo que eles precisam ostentar como um amuleto de superioridade?

Eu estou com um vestido azul de alcinha e passei um creme perfumado nos braços. Fiz cabelo, maquiagem. Acho que sou melhor que os quadros, mas nunca serei feita das horas despreocupadas que trouxeram aquelas pessoas até aqui. Ele me beija o braço como se eu fosse uma divindade, ele parece me desejar de um jeito que eu preciso tanto e estava sedenta por isso há tanto tempo. Mas se me ama de verdade, se sou essa mulher por quem ele diz que esperou tanto tempo, se ele beija meus braços como se eu fosse a mulher da sua vida, eu deveria poder falar que aqueles quadros são feios, não? Deveria poder dizer que gostei de duas ou três pessoas ali, as outras achei um tanto chatas, com seus peitos de pomba cheios de platitudes. Mas ele me lança seu olhar destruidor. O olhar sem desejo, sem carinho, sem perdão. O olhar de quem deixa de gostar de mim a cada segundo porque eu sei suficientemente quem eu sou para poder odiar os outros. A ele não é cabido odiar nada, ou ele desapareceria? Ele se ofende quando eu o convido para formar comigo um universo íntimo. Me deixar, em breve, ele sabe, é a sua única forma de se manter inteiro.

Começo a enxergar todo mundo feio, enrugado, desinteressante. Velhos jovens. Velhos herdeiros sempre tão jovens. Jovens herdeiros velhos. Minha mente é obcecada por eles. Uma moto passa fazendo muito barulho. O que é isso que esses jovens pobres colocam em suas motos para que elas façam tanto barulho? Por que instalam isso? É ódio de classe, concluo. É o som de uma metralhadora. O pobre na moto nos odeia. E eu jamais serei o motoboy que me odeia. E eu jamais serei as pessoas da exposição. Minha moto barulhenta é a escrita?

Começo a passar mal. Estou usando um cinto que me aperta e se eu não o tirar, vou desmaiar. O sutiã começa a me apertar e se eu não o tirar, vou desmaiar. Vou ao banheiro e tiro cinto e sutiã e os guardo dentro da bolsa.

Vamos jantar em um restaurante que eu indico porque sempre indico e decido quase tudo. No carro vou me sentindo mal, enjoada, dor de cabeça, dor no corpo, parece que sou uma panela de pressão e estou com medo porque vou ter que falar. Odeio a dor no meu corpo porque odeio quando estou tão vigilante do meu corpo. Odeio sentir tanto o meu corpo. Por que aquelas pessoas passeiam pela vida, deslizam como espíritos ou viajantes impecáveis em rampas de aeroportos, se eu preciso me sentir essa árvore pesada com raízes podres e troncos inflamados?

No restaurante tudo me incomoda, as mesas muito próximas me incomodam, a voz das pessoas, o sotaque das escolas de elite, o sotaque exato que hoje minha filha tem, tudo me inflama mais, eu só queria estar em casa e ter um parceiro de verdade. É isso. Alguém para dividir a vida. Que ame minha queda, minha inveja e minha filha. Quando um homem vai cuidar de mim em vez de esperar que eu o pegue de carro, escolha o restaurante, escolha as viagens, e, apesar disso tudo, seja calma e sorridente como uma boa mocinha? Até quando darei lugar às pessoas que já nasceram ocupando lugares? Ele não percebe que do alto de sua bondade, boas intenções, elegância, bom-mocismo, coração exemplar, está acabando comigo, me destruindo, me fazendo sentir o ser humano mais sozinho do planeta. Pode formar comigo uma família, um núcleo, uma dupla íntima? Mas ele não pode. Ele está tomado, reservado.

Ele fica sério, triste, em breve dirá que minha grosseria e meu poder de destruição trabalham o tempo todo para diminui-

-lo. Sempre machucado por mim. Tentando mais uma vez. Ele é a excelente e equilibrada pessoa tentando conter meu furacão. Então por que me sinto tão esfolada, rasgada e sozinha? Por um tempo, como fiz com outros namorados, idealizei que trabalharíamos juntos em algum projeto de sucesso. A minha vida inteira foi isso, eu forçando meus homens a trabalhar tanto quanto eu. Mas eu só lanço essas ideias porque tenho uma fantasia reiteradamente desiludida de núcleo forte, eterno e absoluto. E isso é meu desejo inegociável de parceria de vida. E você vai me olhar como se eu fosse um buraco sem fundo histérico. E vou acreditar e ficar anos na terapia tentando preencher e curar meu buraco. Quando na verdade, lá no fundo, eu sei que não estou pedindo nada além da felicidade que mereço.

Não consigo comer, nem ele. Voltamos para a minha casa meio em silêncio. Minha casa. Ele não quer que seja nossa. Ele já pertence a tanta coisa. Não transamos. Ele apaga a luz e, no escuro, eu falo: "Os quadros eram horríveis".

A marca FSC® é a garantia de que a madeira utilizada na fabricação do papel deste livro provém de florestas gerenciadas de maneira ambientalmente correta, socialmente justa e economicamente viável e de outras fontes de origem controlada.

Copyright © 2025 Tati Bernardi

Todos os direitos reservados. Nenhuma parte desta obra pode ser reproduzida, arquivada ou transmitida de nenhuma forma ou por nenhum meio sem a permissão expressa e por escrito da Editora Fósforo.

DIRETORAS EDITORIAIS Fernanda Diamant e Rita Mattar
EDITORA Eloah Pina
ASSISTENTE EDITORIAL Millena Machado
REVISÃO Renato Ritto e Fernanda Campos
DIRETORA DE ARTE Julia Monteiro
CAPA Marina Quintanilha
DIGITALIZAÇÃO E TRATAMENTO DE IMAGEM Julia Thompson
PROJETO GRÁFICO Alles Blau
EDITORAÇÃO ELETRÔNICA Página Viva

CIP-BRASIL. CATALOGAÇÃO NA PUBLICAÇÃO
SINDICATO NACIONAL DOS EDITORES DE LIVROS, RJ

B444b

Bernardi, Tati
A boba da corte / Tati Bernardi. — 1. ed. — São Paulo : Fósforo, 2025.

ISBN: 978-65-6000-087-2

1. Ficção brasileira. I. Título.

| 25-95971 | CDD: 869.3 |
|---|---|
| | CDU: 82-3(81) |

Gabriela Faray Ferreira Lopes — Bibliotecária — CRB-7/6643

1ª edição
1ª reimpressão, 2025

Editora Fósforo
Rua 24 de Maio, 270/276
10º andar, salas 1 e 2 — República
01041-001 — São Paulo, SP, Brasil
Tel: (11) 3224.2055
contato@fosforoeditora.com.br
www.fosforoeditora.com.br

Este livro foi composto em GT Alpina e
GT Flexa e impresso pela Ipsis em papel
Pólen Bold 90 g/m² da Suzano para a
Editora Fósforo em junho de 2025.